Jean-Baptiste Moliere, Adolf Faun

Molière´s Charakter-Komödien

Zweiter Teil: Der Tartüff

Jean-Baptiste Moliere, Adolf Faun

Molière´s Charakter-Komödien
Zweiter Teil: Der Tartüff

ISBN/EAN: 9783743379398

Hergestellt in Europa, USA, Kanada, Australien, Japan

Cover: Foto ©Andreas Hilbeck / pixelio.de

Manufactured and distributed by brebook publishing software
(www.brebook.com)

Jean-Baptiste Moliere, Adolf Faun

Molière´s Charakter-Komödien

Molière's Charakter-Komödien.

Im Versmaße des Originals übertragen

von

Adolf Laun.

Zweiter Theil.

Der Tartüff.

Hildburghausen.

Verlag des Bibliographischen Instituts.

1865.

Einleitung.

Molière's Tartüff war in Frankreich das erste Muster des höheren Lustspiels, das alle Erfordernisse desselben in sich vereinigte und des Dichters gesammte komische Kunst resümirte. Er ist in gleichem Maße Charakter=, Konservations= und Sittenkomödie, hat eine lebendige, äußerlich bewegte Handlung, die dem tieferen und nuancirteren Misanthropen fehlt, und ist in hohem Grade bühnenwirksam, was die feineren, leichteren und witzigeren Gelehrten Frauen nicht sind. Wenn das erstere, in's Tragische hinübergreifende Stück ganz psychologischer Natur ist und von Franzosen lieber gelesen als gesehen wird; wenn die „gelehrten Frauen" trotz ihrer wahren Komik, trotz ihrer hinreichend in die Erscheinung tretenden Handlung und ihres Witzes schon darum weniger wirksam und populär sind, weil ihre Satire auf ganz besondere zeitliche und lokale Zustände geht, in die man sich erst auf literar=historischem Wege versetzen kann, so ist dagegen im Tartüff das Porträtartige mit dem Typischen, das temporär und lokal Gültige mit dem Ewigen, Charakteristik und Sittenschilderung mit Handlung und Bühneneffekt, Tendenz und Didaktik mit Natürlichkeit und Wahrheit, die Naivetät und Kraft des Ausdruckes mit der Harmonie des Verses auf bewunderungswürdige Weise verschmolzen. Das Stück hat ganz die Wirkung eines spannenden Drama's und hört nie auf, ein Lustspiel zu sein, das durch Stil, Gedankenreichthum und philosophische Dialektik den Leser befriedigt und doch zugleich den Zuschauer ergreift und ergötzt. Dem letzteren zu Gefallen ist die Zeichnung des Heuchlers und seines Opfers eine allerdings sehr derbe, sind einige Situationen und Späße sehr handgreiflich und streifen nach unseren Begriffen an Rohheit, doch glaubte der Uebersetzer in seiner Bearbeitung nichts davon vertuschen zu dürfen, da sie den ganzen, vollen Tartüff geben sollte. Jedenfalls lag das starke

Kolorit hier in der Absicht des Dichters, der sonst sehr fein zu malen verstand, aber mit diesem Stück einen besonderen ethischen und populären Zweck verband. —

Die Schöpfung dieses Werkes ist eine große sittliche That des Dichters und ein Zeugniß seines Muthes, für das er viel zu leiden hatte. Alles, was er bis dahin gewagt hatte in Verspottung seiner thörichten Zeitgenossen, war nichts dagegen. Sie ist aber auch ein Zeugniß seines Genius, dem es gelang, nicht blos eine Thorheit, sondern zugleich die gefährlichste aller Sünden, die jeder anderen zum Deckmantel dient, zum Gegenstand eines Lustspiels zu machen und das Verbrechen in Lagen zu bringen, wo die komische Seite an ihm hervortritt, eines Genius, der das Schlechte lächerlich zu machen wußte und der dabei das moralische Interesse stets in's Aesthetische hinüberspielte.

Das sittliche Bewußtsein wird im Tartüff befriedigt, aber nicht auf Kosten der Poesie. Der Fuchs fängt sich in der eignen Schlinge, das fabula docet tritt klar heraus, die vom Dichter beabsichtigte Polemik gegen die frömmelnden Tendenzen seiner Zeit und seines Landes ist unverkennbar und geht mit jedem Zuge, mit jedem Worte an die bestimmte Adresse, aber die Wahrheit des Gemäldes, die Natürlichkeit seiner Gestalten leidet nicht darunter; das Stück ist einerseits ein beredtes Plaidoyer und andererseits ein spannendes Drama und ein belebtes Familienbild, an dessen Zeichnung man sich ganz beziehungslos erfreuen kann. Hätte es nicht diese beiden Seiten in sich vereinigt, so würde es keine so gewaltige, dauernde und allgemeine, weit über Frankreich und das siebzehnte Jahrhundert hinausreichende Wirkung gehabt, so würde es keine sprichwörtliche Bedeutung gewonnen haben, keine Waffe und kein Schreck- und Warnungszeichen geworden sein. —

Pascals Provinzialische Briefe und Tartüff haben dem Jesuitismus mehr geschadet, als alle Streitschriften, und beide dadurch, daß sittliche Indignation und wahre Religiosität sich mit der Freiheit künstlerischer Produktion verbanden, und die komische Begeisterung der Dibaxis zu Hülfe kam. — Was Tartüff dadurch verlor, daß er später kam, holte er durch die Popularität der Bühne wieder ein. Doch man muß den Dichter selber über sein Stück hören, das er auf der Höhe seiner äußern Stellung, im ersten Glanz seines Ruhmes zu einer Zeit verfaßte, wo er sich vom fremden Einfluß frei gemacht, wo er sich selbst gefunden hatte, wo er zum vollen Bewußtsein seiner Mission gelangt war, und seinen Blick von Beobachtung einzelner Charaktere und Zustände zur Betrachtung allgemeiner Fragen und Interessen erweitert hatte, wo der Lustspieldichter

und Charaktermaler zugleich Zeit= und Sittenschilderer wurde. Seine
Vorrede zum Tartüff zeigt, mit welch klarem Bewußtsein er über die
Aufgabe seiner Kunst dachte, sie ist außer den in dem Impromptu de
Versailles und der Critique de l'école des femmes vorkommenden, an
dramatische Personen vertheilten Raisonnements das einzige, was wir
der Art von ihm besitzen, und würde wegen der Klarheit und Festigkeit,
mit der er darin seine Ansichten über die Sittlichkeit der Bühne aus=
spricht, schon an und für sich hier eine Mittheilung verdienen; sie ist
aber zugleich eine der wichtigsten Quellen für alles auf die unterdrückte
Aufführung des Tartüff Bezügliche. Ich gebe sie daher weiter unten zugleich
mit den beiden an den König gerichteten Placets, die als Dokumente
in diesem Prozesse wichtig sind und dabei ein hübsches Bild von der
Stellung des Komödianten zu seinem Fürsten geben. —

Die drei ersten Akte des Tartüff wurden 1664 zum ersten Mal auf=
geführt, am sechsten Tage der unter dem Namen der Plaisirs de l'Ile
enchantée bekannten Feste, die der König bey Königin und der Königin
Mutter zu Ehren in Versailles gab, wo Alles, was die dramatische
Kunst in Verbindung mit Tanz, Musik und Malerei vermochte, vereint
war, wo Ludwig selbst in einem Ballette mitspielte, und zu welchem
Molière allein mit drei Stücken beisteuerte. Sie wurden einige Monate
darauf in Gegenwart des Königs zu Villers=Coterets wiederholt, und
im November desselben Jahres spielte Molière's Truppe das ganze Stück
beim Prinzen von Condé. Der König hatte sich gleich nach der ersten
Aufführung dahin geäußert, daß er persönlich nichts an dem
Stücke bedenklich fände. Man darf sogar annehmen, daß er eine
geheime Freude an demselben hatte, denn er war damals noch jung, erst
kurz vorher zur Regierung gekommen und blickte noch mit großem Sinn
und freiem Blick in's Leben, das ihm mit allem Reiz und allem Glanz
der königlichen Größe entgegen lachte. Die Partei des alten Hofes,
an deren Spitze die alte, devote Herzogin von Navailles stand, skanda=
lisirte sich über die Lebenslust, Genußsucht und Frivolität des sich bil=
denden neuen, und so entstand ein Zwiespalt zwischen offenem Weltsinn
und devotem Rigorismus, der anfing, dem König sehr lästig zu werden,
und den auch unser anspielungsreiches Stück in manchen Punkten ab=
spiegelt. Auch im Staat und in der bürgerlichen Gesellschaft war
nach Beendigung der Fronde=Unruhen ein ähnlicher Zwiespalt in Auf=
fassung des Lebens und der Religion eingetreten. Der Streit zwischen
den Jansenisten und Molinisten beschäftigte alle Köpfe, die Jesuiten be=
züchtigten die puritanischen Bewohner des Port Royal der Ketzerei und

des Schismas, diese erklärten die Gesellschaft Jesu für eine ehrgeizige, staatsgefährliche Korporation, die mit Hülfe einer weltlich = sophistischen Moral die Gewissen der Schwachen zu gewinnen und die Starken zu schrecken suchte. — Molière, ohne in diesem Kampfe Partei zu ergreifen, verallgemeinerte den Gesichtspunkt und zog gegen die damals vom alten Hof und von den höheren Ständen ausgehende, sich immer weiter verbreitende, durch die Geistlichkeit geschürte, vor allem auf Aeußerlichkeiten gerichtete Bigotterie und Scheinheiligkeit zu Felde, wobei seine Satire sich freilich vorzugsweise nach Pascals Beispiel gegen die Jesuiten richtete, denn was im Tartüff etwa gegen den übertriebenen Rigorismus der Jansenisten gedeutet werden kann, tritt sehr dagegen zurück. Indeß hatte Ludwig doch nach der ersten Vorstellung bei Hofe die Aufführung des Stückes, das er für bedenklich und dem Mißverständniß ausgesetzt hielt, vor dem Publikum verboten, „bis es beendet und von Leuten untersucht wäre, die eine vollkommene Einsicht in die Sache hätten". — Die Bigotterie benutzte natürlich gleich dieses Verbot und setzte ganz Paris gegen das Lustspiel und seinen Autor in Bewegung. Später jedoch erhielt dieser vom Könige mündlich die Erlaubniß zur Aufführung, nachdem, wie sein erstes Placet au roi sagt: „Prälaten und der geistliche Legat, denen es vorgelesen war, günstig darüber geurtheilt hatten." — Molière ließ es am 5. August 1667 aufführen unter dem Titel: Der Betrüger, und gab der Person des Tartüff, wie das zweite Placet sagt, der Bedingung gemäß „eine ganz weltliche Kleidung, einen kleinen Hut, lange Haare, einen hohen Kragen, einen Degen und einen mit Spitzen verzierten Rock". —

Am folgenden Tage jedoch kam vom Parlament der Befehl, die Vorstellungen auszusetzen, eine Unterbrechung, die zwei Jahre lang dauerte, denn erst 1669 erhielt Molière vom Könige die schriftliche Erlaubniß, den Tartüff aufzuführen, und von da an ist er auf der Bühne geblieben. Trotz dieser fünfjährigen, nur einmal aufgehobenen Pause in der Aufführung des Stückes hatte der Dichter einen heißen Kampf für dasselbe zu bestehen, während dessen sein königlicher Beschützer ihn jedoch nicht im Stiche ließ. Gab er doch gerade um diese Zeit seiner Truppe den Titel comédiens du roi, und setzte er ihm selbst doch eine Pension von 7000 Franken aus! Aus Staatsklugheit und um vor der Geistlichkeit Ruhe zu haben, hatte er freilich die Aufführung verboten, aber dem Dichter die Erlaubniß ertheilt, es vorzulesen, wo er wollte, und das geschah, wie Boileau in einer Note zu seinen Satiren sagt, häufig, denn Alles bat ihn darum. — Während dieser Zeit kamen mehrere andere

Molière'ſche Stücke, beſonders der Miſanthrop und der Geizige, zur Aufführung und vermehrten den Ruhm und die Bedeutung des Dichters, aber der Haß ſeiner Gegner ſtieg auch zugleich mit ſeiner wachſenden Popularität. Beſonders aber irritirte ſeine Nachbildung des ſpaniſchen Don Juan von Tirſo be Molina, die unter dem Titel des Festin de Pierre erſchien. Molière macht ſich in dieſem Stück durch eine eben ſo unerwartete, als geiſtreich erfundene Kombination Luſt; er läßt den Don Juan im letzten Akt die Rolle eines zerknirſchten, büßen= den Einſiedlers ſpielen und legt ihm unter anderen folgende Worte in den Mund: „Die Heuchelei iſt jetzt ein modiſches Laſter, und alle mo= diſchen Laſter gelten für Tugenden. — Dies Handwerk bringt jetzt außer= ordentliche Vortheile. — Alle anderen Laſter ſind dem Tadel ausgeſetzt, aber die Heuchelei iſt ein privilegirtes Laſter, das allen Leuten den Mund ſtopft und ſich in Ruhe einer abſoluten Strafloſigkeit erfreut. — Man ſchließt durch Hülfe ſolcher Grimaſſen ein enges Bündniß mit allen Leuten der Partei. — Wer einen von ihnen verletzt, zieht ſie ſich alle auf den Hals. — Ich will mich jetzt unter dies ſichere Schutzdach begeben, und mein We= ſen weiter treiben. Weit entfernt, meine ſüßen Gewohnheiten abzulegen, ſorge ich nur, daß ſie verborgen bleiben und amüſire mich im Stillen. Entlarvt man mich aber, ſo beunruhigt mich das weiter nicht, denn die Kabale tritt für mich ein und vertheidigt mich gegen jeden Feind.‟ Sein Diener antwortet darauf: „Das fehlte nur noch, Herr, daß du ein Heuchler wurdeſt, um dich ganz zum Teufel zu ſchicken, das iſt die Krone aller deiner Scheußlichkeiten.‟ —

Wem blickt hier nicht der zurückgetretene Tartüff entgegen? — Die Devoten begriffen das Manöver des Dichters gleich und verdoppelten ihre Angriffe. Ein Libellenſchreiber der Partei rief laut die Hülfe des Königs an gegen einen „Hanswurſtſpieler, der mit der Religion Spott treibt, der eine Schule der weltlichen Luſt geſtiftet hat, gegen jenes Ungeheuer Mo= lière, der das Modell zum Don Juan iſt‟. — Ein Pfarrer von Paris, Pierre Roulles, curé de St. Barthélémy, nannte in einem Libell den Mo= lière „einen eingefleiſchten Teufel, der in Menſchengeſtalt umherwandelt, einen gottloſen Sünder, der verdiente, lebendig verbrannt zu werden‟. Der wegen ſeiner Sittenloſigkeit berüchtigte Erzbiſchof von Paris, Harlay be Champvallon, erließ ein Mandat, in dem er Jeden exkommunicirte, der den Tartüff läſe oder ſpielen ſähe, „weil dieſes Stück unter dem Vorwande, die falſche Frömmigkeit zu verdammen, Veranlaſſung gibt, ſolche Leute derſel= ben anzuklagen, welche die echte Frömmigkeit beſitzen und dieſelben dem Spotte der Weltkinder ausſetzt‟.

Der berühmte Jesuit Bourdaloue ließ sich gleichfalls in seiner siebenten Sonntagsrede nach Ostern mit folgenden Worten gegen das Stück vernehmen: „Da die wahre und falsche Frömmigkeit eine große Menge äußerer Handlungen in sich fassen, die beiden gemeinsam sind, und da die äußere Erscheinung beider einander gleichen, so entstellen die Striche, mit der man diese zeichnet, zugleich jene." — Der milde Fenelon, der im achtzehnten Buch des Telemach sagt: „Der Heuchler ist der gefährlichste aller Bösewichter, denn die falsche Frömmigkeit ist Schuld, daß die Menschen der echten nicht mehr zu trauen wagen", trat später für Molière gegen Bourdaloue ein und sagte: „Bourdaloue ist kein Tartüff, aber seine Feinde werden sagen, daß er ein Jesuit ist." —

Bossuet sogar erhob seine donnernde Stimme gegen den Dichter, dessen Komödie er für „angefüllt mit Infamien und Gottlosigkeiten" erklärte. Ein Blick in den Tartüff war damals ein eben so großes Verbrechen, als die Lektüre der Lettres Provinciales. Das hinderte aber nicht, daß man zu ähnlichen Waffen griff und nicht allein ernste Rügeschriften, sondern auch gereimte Satiren und dergleichen gegen Molière losließ. —

Bei diesem Sturm verhielt sich der Dichter, nachdem er sich, wie gesagt, im Don Juan Luft gemacht, mit jener Festigkeit, Ruhe und Beharrlichkeit, die seine gute Sache ihm verleihen mußte; daß er, wie Grimarest in seiner Vie de Molière behauptet, die Sache bereut habe, ist nicht erwiesen. — Wie konnte er auch denken, daß er von Unbetheiligten mißverstanden würde? Vertritt nicht Cleant, das Organ für des Dichters Ansichten, mit großer Kraft und Besonnenheit im Stück die Sache der wahren Religiosität und zwar in einer Weise, die selbst nach eigenem Geständniß den Freigeist St. Evremond zum Glauben zurückgeführt hat; bezeichnet er nicht fortwährend sehr scharf und genau die Grenze zwischen Frömmelei und Religiosität? Selbst dem Verdacht, als habe der Dichter der Dévotion facile und der Weltlust seines Königs huldigen und sich dadurch bei ihm einschmeicheln wollen, tritt Alles, was Cleant sagt, entgegen, seine Worte enthalten eher Warnungen und Aufforderungen zum sittlich frommen Lebenswandel, als Beschönigungen der Weltlust. Ebenso ist es im Grunde mit der Rede des Gefreiten, in der die Blume des Lobes manchen Stachel der Mahnung und Lehre enthält.

Wäre Ludwig der verhüllten Unterweisung seines damals noch von ihm geliebten Schützlings gefolgt, so wäre er aus Blasirtheit nicht in Bigotterie versunken, wäre nicht in die Hände der Maintenon gerathen und hätte es gewagt, dem Dichter, der sein Leben erheitert und den Glanz seines Zeitalters erhöht hatte, ein ehrliches Begräbniß zu geben. —

Am folgenden Morgen nach jener ersten Aufführung des Panulpho ou l'Imposteur, denn so hatte der Dichter seinen Helden, um Skandal zu vermeiden, genannt, einer Aufführung, die ein ungeheures Aufsehen erregt hatte, ließ der Präsident Lamoignon im Namen des Parlaments ein Verbot der Wiederaufführung des Stückes ergehen, und konnte dies um so eher, als der König abwesend war im Lager bei Lille, und die von ihm gegebene Erlaubniß nur eine mündliche gewesen war. Das Verbot kam eben vor der zweiten Aufführung an, Molière theilte es dem überfüllten Hause mit, sagte aber nicht dabei: „Meine Herren! Wir hofften die Ehre zu haben, Ihnen zum zweiten Mal den Tartüff vorzuführen, aber der Herr Präsident will nicht, daß man ihn spiele." Wie Schade es sein mag, es ist durch Taschereau bewiesen, daß Molière das hübsche Witzwort nicht gemacht hat und nicht hat machen können. Es ist schon längst vor Molière gemacht worden und zwar, wie Menage erzählt, in Spanien vor Aufführung eines plötzlich verbotenen Stückes „Der Alcade" (der Richter) vom Regisseur der Truppe, der dem Publikum sagte: „Der Alcade will nicht, daß man ihn spiele." Daß die auf Molière übertragene Anekdote später allgemein geglaubt wurde und viel Glück gemacht hat, ist immer ein Zeichen der damaligen und späteren Stimmung. — Uebrigens war dieser Präsident Lamoignon nichts weniger, als das Urbild des Tartüff, wie Taschereau gleichfalls sehr einleuchtend beweist. Lamoignon war ein in jeder Hinsicht ehrenwerther Mann, von streng sittlichem und christlichem Lebenswandel, ohne dabei Zelot zu sein; er war der Freund und Beschützer Boileau's und Corneille's und hatte zu viel Anspruch auf Achtung gerade von Seiten der Literatur, als daß ihn Molière ohne Grund hätte verspotten wollen und dürfen. — Ueber das etwaige Urbild sehe man die Noten.

Am 8. August reisten zwei Schauspieler der Molière'schen Truppe nach Lille zum König und überreichten ihm des Dichters zweites Placet. Der Fürst antwortete: „er würde bei seiner Rückkehr das Stück von Neuem beurtheilen lassen, und dann könne man es spielen". Voll Vertrauen kehrten die beiden nach Paris zurück, und Molière's Bühne, die während ihrer Abwesenheit gefeiert hatte, eröffnete sich wieder am 25. September.

Aber dennoch hatte Molière noch einen zweijährigen Kampf zu bestehen; bis er durchbrang. Ging man doch so weit, ruchlose und aufsäßige Pamphlete zu verbreiten und sie für Molière's Machwerk auszugeben, ein Manöver, auf das dieser im Misanthropen (Akt 5, Auftritt 1) anspielte. Als Probe der Repressalien, die er gelegentlich anwendete, diene nachfolgende Antwort, mit der er den Vorwurf, er habe die Religion durch Behandlung eines solchen Gegenstandes auf der Bühne entweiht, von sich wies: „Warum soll es mir nicht gestattet sein, auf der Bühne Predigten zu halten, da man dem Pater Mainbourg gestattet, auf der Kanzel Farcen zu machen?"

Seine wichtigsten Vertheidigungsgründe sind aber, außer in dem Vorwort, in den beiden ersten Placets an den König und in den Lettres sur l'Imposteur niedergelegt, welche letzteren nach der ersten Aufführung erschienen, eine genaue Analyse des Stückes gaben, es siegreich rechtfertigten, und zugleich eine solche Menge vortrefflicher Ideen über komische Poesie enthielten, daß man sie dem Molière selber zugeschrieben hat; wenigstens läßt sich eine sehr befreundete Hand daraus erkennen.

Als endlich im Jahre 1669 alle Zweifel des Königs beseitigt waren, als der Dichter gesiegt hatte, und die Kabale unterlag, fand unter ungeheurem Zulauf die erste Wiederaufführung Statt und wurde drei Monate lang unausgesetzt wiederholt; der Name Tartüff ward dem Stücke zurückgegeben. Folgendes drittes Placet drückt in sinnreicher Weise die Dankbarkeit des Dichters aus und möge hier sogleich mitgetheilt werden. Der Arzt, für dessen Sohn er darin um ein Kanonikat nachsuchte, war derselbe, über den der König einst folgendes Gespräch mit dem Dichter gehabt hatte: „Molière, Ihr habt da einen Arzt, was fängt er mit Euch an?" — „Sire, wenn er kommt, plaudern wir zusammen, er schreibt mir ein Recept auf, ich lasse es liegen und werde wieder gesund."

Drittes Placet am 5. Februar 1669.

Sire!

„Ein sehr ehrenwerther Arzt, dessen Klient zu sein ich die Ehre habe, verspricht mir und will sich vor dem Notar zur Haltung des Versprechens verpflichten, mir noch dreißig Jahre Leben zu verschaffen, wenn ich für ihn eine Gnade von Euer Majestät erlange. Ich habe ihm geantwortet, ich verlange nicht soviel und wäre schon zufrieden, wenn er sich nur verbindlich machte, mich nicht umzubringen. Diese Vergünstigung, Sire, ist ein Kanonikat Ihrer Königlichen Kapelle zu Vincennes, das jetzt gerade vakant ist.

Darf ich es wagen, Ihro Majestät noch um diese Gnade zu bitten am Tage der großen Wiederauferstehung des Tartüff, der durch Ihre Güte auf's neue lebt? Jene erste Gunst hat mich mit den Frommen versöhnt, und diese zweite würde mich mit den Aerzten aussöhnen. Für mich würde dies gewiß zu viel Gnade auf einmal sein, aber vielleicht ist es nicht zu viel für Sie. Ich erwarte voll Ehrfurcht mit ein wenig Hoffnung die Antwort auf meine Bittschrift."

Ueber das Gedränge bei der ersten Aufführung des Tartüff sagt die einige Tage nachher, am 9. Februar, erschienene Lettre en vers von Robinet, der eine Art dramaturgisches Journal in Versen herausgab, unter anderem:

> — Et quo maints coururent hazard,
> D'être étouffés par la presse,
> Où l'on oyoit crier sans cesse:
> „Je suffoque, ye n'en puis plus, .
> Hélas, Monsieur Tartuffius,
> Faut il, que de vous voir l'envie
> Me coûte peutêtre la vie?"

Nach ihm sind im Tartüffe,

> Qui charme tous les vrais dévots,
> Comme il fait enrager les faux,

die Charaktere so vortrefflich dargestellt,

> Que jamais nulle comédie
> Fut aussi tant applaudie.

Es geht über den Bereich dieser Einleitung hinaus, die vielen direk= ten und indirekten Nachahmungen, die Tartüff mit und ohne veränderten Namen bis in die neueste Zeit in Frankreich und im Auslande erfahren hat, zu besprechen. Eine der bedeutendsten ist die des Engländers Isaak Bickerstaff, dessen „Hypocrit" im Jahre 1768 zuerst auf dem Drury= lane=Theater mit vielem Beifall gegeben wurde, der aber ebenso wenig da, wo er sich an das Original anschließt, noch wo er sich von ihm entfernt, mit demselben sich messen kann. —

Daß auch bei diesem Stück Molière, qui prit sont bien où il le trouva, manches Fremde benutzte, ist nicht zu leugnen. Die Noten weisen einige Male darauf hin. Die Charaktere, die Fabel und die Handlung sind aber diesmal ganz vom Dichter erfunden und sein Eigenthum, wenn es auch wahr sein mag, daß einige italienische Possen, die die Sinnlichkeit der Geistlichen verspotteten, wie es ja auch der Scaramouche Ermite, auf den er in der Vorrede hindeutet, that, ihm vorgelegen haben, und daß er den etwa hundert Jahre früher erschienenen, dem Tartüff sehr unähnlichen Ipocrito des Italieners Aretin gekannt habe. —

Molière's Vorrede

zur ersten Ausgabe des Tartüff 1669.

———

Das hier folgende Lustspiel hat viel Aufsehen gemacht und ist lange verfolgt worden (die Verfolgung dauerte etwa fünf Jahre), und die Leute, die es darstellt, haben gezeigt, daß sie mächtiger waren, als alle anderen, die ich bis dahin auf der Bühne habe erscheinen lassen. Die Marquis, die Preciösen, die betrogenen Ehemänner und die Aerzte haben die Sache ruhig über sich ergehen lassen, sie haben sich selbst den Anschein gegeben, als hätten sie mit allen Anderen Freude an den nach ihnen entworfenen Bildern, aber die Heuchler haben keinen Spaß verstanden; sie wurden gleich wild und fanden es sonderbar, daß ich mich, kühn genug, über ihre Grimassen lustig machte und ein Metier in Mißkredit bringen wollte, mit dem sich so viele ehrenwerthe Personen abgeben. Ein solches Verbrechen war unverzeihlich, darum sind sie auch mit furchtbarer Wuth gegen mein Stück zu Felde gezogen. Sie hüteten sich aber wohl, es von der Seite anzugreifen, wo sie sich verletzt fühlten, sie sind zu schlau und zu weltklug, um das Geheimniß ihrer Seele zu enthüllen. Nach beliebter Gewohnheit haben sie ihr eigenes Interesse mit der Sache Gottes bedeckt, und, wenn man sie hört, ist der Tartüff ein gottes= lästerliches Stück. Es ist von einem Ende zum anderen voll von Scheuß= lichkeiten und keine Stelle darin, die nicht das Feuer verdiente, jede Silbe ist gottlos, jeder Gestus verbrecherisch, der verborgenste Blick, das leiseste Kopfschütteln, der geringste Schritt zur Rechten oder zur Linken hat eine geheime Bedeutung, die sie zu meinem Nachtheil auszubeuten wissen. —

Vergebens habe ich mein Stück meinen Freunden zur Einsicht und allen Leuten zur Kritik vorgelegt; die Verbesserungen, die ich damit vor=

genommen habe, das Urtheil des Königs und der Königin, die es gesehn haben, die Billigung der fürstlichen Personen und der Herrn Mi-
nister, die es öffentlich mit ihrer Gegenwart beehrt haben, das Zeugniß
der ehrenwerthen Leute, die es für heilsam hielten, Alles das hat nichts
geholfen. Man läßt nicht davon ab und hetzt täglich rücksichtlose Eiferer
gegen mich auf, die mir in aller Frömmigkeit Injurien sagen und mich
aus Christlichkeit verdammen.

Mir wäre Alles, was sie sagen, sehr gleichgültig, gebrauchten sie
nicht den Kunstgriff, mir die zu Feinden zu machen, die ich achte und
schätze, und wahre Ehrenmänner in ihre Partei hinüber zu ziehen, deren
Zutrauen sie mißbrauchen, und die vermöge ihres Interesses an religiösen Dingen leicht die Eindrücke empfangen, die man ihnen beibringen
will. Das aber ist's, was mich zur Vertheidigung zwingt. Den wahrhaft Frommen gegenüber will ich mich hinsichtlich der Tendenz meines
Lustspiels rechtfertigen, und ich beschwöre sie von ganzem Herzen, nicht
zu verdammen, ehe sie es selbst gesehen haben, sich von jedem Vorurtheil
los zu machen und der Leidenschaft derjenigen nicht zu fröhnen, deren
Grimassen ihre Genossenschaft entehren. Wenn man sich die Mühe gibt,
mein Lustspiel gewissenhaft zu prüfen, so wird man sicher gleich bemerken, daß meine Absichten durchaus schuldlos sind und daß es sich keineswegs über ehrwürdige Dinge lustig macht, daß ich die Sache mit aller
der Vorsicht behandelt habe, die der delikate Gegenstand verlangte, und baß
ich alle mögliche Kunst und Sorge angewendet habe, um den Unterschied
des Heuchlers vom Frommen hervortreten zu lassen. Ich habe zwei
ganze Akte darauf verwendet, um das Auftreten meines Bösewichtes vor-
zubereiten. — Nicht einen Augenblick können die Zuhörer über ihn
schwanken, man erkennt ihn gleich an den Charakterzeichen, die ich ihm
gebe, und von Anfang bis zu Ende sagt er kein Wort, begeht keine
Handlung, die nicht dem Zuschauer das Bild eines verworfenen Menschen vorführte, und bei der nicht das des wahren Ehrenmannes, das
ich ihm gegenüber stelle, in vollem Lichte hervorträte.

Ich weiß sehr wohl, daß jene Herrn darauf mit der Behauptung
antworten, die Bühne hätte sich nicht mit solchen Dingen zu befassen;
allein ich möchte mir die Freiheit nehmen zu fragen, worauf sie jene schöne
Behauptung gründen. Das ist ein Satz, den sie hinstellen, ohne ihn
zu beweisen. Es würde aber nicht schwer sein, zu zeigen, daß das Schauspiel bei den Alten aus der Religion hervorging und einen Theil ihrer My-
sterien ausmachte, daß die Spanier, unsere Nachbarn, kein Fest begehen, an
welchem es nicht Antheil hat, daß es selbst bei uns seinen Ursprung den

Beſtrebungen einer geiſtlichen Verbrüberung verbankt, ber noch jetzt bas Hôtel Bourgogne gehört, baß dieſer Ort zur Darſtellung ber wichtigſten Myſterien unſerer Religion eingeräumt worden iſt, baß man noch heutiges Tags in gothiſchen Lettern gebruckte Stücke ſieht, bie unter bem Namen eines Doktors ber Sorbonne herausgekommen ſinb, baß man enblich, um nicht ſo weit zurückzugehen, noch zu unſerer Zeit religiöſe Schauſpiele bes Herrn von Corneille geſpielt hat, bie ganz Frankreich bewundert.

Wenn es bie Aufgabe ber Bühne iſt, bie Laſter ber Menſchen zu züchtigen, ſo ſehe ich nicht ein, weshalb es privilegirte Ausnahmen bavon geben ſoll. Ein ſolches Privilegium hat im Staat gefährlichere Konſequenzen, als jebes anbere, unb boch hat bie Bühne einen großen Einfluß auf bie Verbeſſerung ber Sitten. Die ſchönſten Darſtellungen einer ernſten Moral ſinb oft nicht ſo wirkſam, als bie Geißelhiebe ber Satire, unb nichts korrigirt bie Menſchen beſſer, als bas Gemälbe ihrer Fehler. Die Laſter bem Gelächter ber Menſchen bloßſtellen, heißt ſie am wirkſamſten angreifen. Man nimmt einen Tabel ruhig hin, aber ben Spott erträgt man nicht. Man läßt es ſich gefallen, für boshaft zu paſſiren, aber man will nicht lächerlich ſein. —

Es wirb mir ein Vorwurf barüber gemacht, baß ich meinem B e t r ü ger religiöſe Ausbrücke in ben Munb lege. Ach, konnte ich benn anbers, wenn ich ben Charakter eines Hypokriten barſtellen wollte? Es genügt, beucht mir, wenn ich bie verbrecheriſchen Beweggründe auseinanderſetze, bie ihn ſolche Dinge ſagen laſſen, unb wenn ich bie eigentlichen Religionsformeln, beren Mißbrauch hätte verletzen können, baraus weggenommen habe. — „Aber im vierten Akte bringt er eine gefährliche Moral vor.“ — Dieſe Moral iſt ja längſt Allen in bie Ohren geprebigt worden. Bringt mein Luſtſpiel irgenb etwas Neues bavon vor? Braucht man zu fürchten, baß ſo allgemein verabſcheute Dinge noch irgenb Einbruck auf bie Gemüther machen werben, baß ich ſie gefährlich mache, indem ich ſie auf’s Theater bringe, baß ſie im Munbe eines Böſewichtes irgenb eine Autorität gewinnen werben? Dazu iſt boch keine Ausſicht vorhanben, man muß baher bem Tartüff ſein Recht als Luſtſpiel einräumen, ober bas Luſtſpiel im Allgemeinen verbammen.

Das letztere thut man übrigens ſeit einiger Zeit mit ungeheurer Wuth, unb nie noch wurde ſo heftig gegen bie Bühne zu Felbe gezogen. Ich leugne nicht, baß es mehrere Kirchenväter gegeben, bie bie Komöbie verbammten, man kann aber auch nicht leugnen, baß einige ſie milber behanbelt haben. Die Autorität, auf bie man bie Verbammung ſtützt, iſt alſo eine getheilte, unb bie einzige Folgerung, bie man aus ber Meinungsverschiedenheit solcher Geister, die von demselben Lichte erleuchtet sind, ziehen kann, ist die, daß sie das Lustspiel verschieden aufgefaßt haben, daß die Einen es in seiner Reinheit und die Anderen in seiner Verderbtheit betrachtet und mit jenen niedrigen Darstellungen verwechselt haben, die man mit Recht Schandspiele nennt. —

Da man aber um Sachen und nicht um Worte streiten soll, und da der meiste Widerspruch aus Mißverständniß kommt, wobei man ganz verschiedene Dinge mit einem und demselben Worte umkleidet, so kommt es nur darauf an, daß man den Schleier der Zweideutigkeit davon nimmt und das Schauspiel nach seiner Wesenheit betrachtet, um zu sehen, ob es verdammenswürdig ist. Da wird man denn gewiß erkennen, daß es nichts anderes, als eine sinnreiche Dichtung ist, die durch angenehme Belehrung die Fehler der Menschen bessert, und daß man es, ohne ungerecht zu sein, nicht verdammen kann. Vernehmen wir darüber das Zeugniß des Alterthums, so wird dies uns sagen, daß die berühmtesten Philosophen die Komödie verherrlicht haben, sie, die sich einer so strengen Weisheit hingaben und unaufhörlich das Laster verfolgten. Wir werden sehen, daß Aristoteles seine Nächte dem Studium des Theaters gewidmet und sich damit befaßt hat, für die dramatische Kunst Regeln aufzustellen. Wir werden sehen, daß die größten und angesehensten Männer jener Zeit sich eine Ehre daraus gemacht haben, Schauspiele zu dichten, daß andere es nicht unter ihrer Würde hielten, die von ihnen verfaßten öffentlich vorzutragen, daß Griechenland seine Achtung für diese Kunst durch ruhmvolle Preise und prächtige Theatergebäude, wodurch es sie ehrte, an den Tag gelegt hat, daß auch in Rom sogar dieser selben Kunst die größte Ehre zu Theil wurde, ich sage nicht im sittenverderbten Rom, sondern in jenem strengen Rom unter weisen Konsuln zur Zeit der Kraft und der Römischen Tugend. —

Gern gebe ich zu, daß es Zeiten gegeben hat, wo das Schauspiel ausartete, was aber artet nicht aus? Es gibt nichts so Unschuldiges, das die Menschen nicht zum Verderben umwandeln, keine noch so heilsame Kunst, deren Absicht sie nicht verdrehen können, nichts an sich Gutes, das nicht dem Mißbrauch anheim fällt. Die Medicin ist eine nützliche Kunst, die jeder als etwas Vortreffliches achtet, und doch hat es Zeiten gegeben, wo sie sich verhaßt gemacht hat und zu einem Mittel der Menschenvergiftung geworden ist. Die Philosophie ist ein Geschenk des Himmels, sie ist uns verliehen worden, um durch die Betrachtung der Wunder der Natur unseren Geist zur Erkenntniß Gottes zu erheben, und doch ist es jedem bekannt, daß man sie oft ihrer Aufgabe entfremdet und öffentlich zur Unterstützung der Gottlosigkeit verwendet hat. Selbst das Heiligste ist nicht sicher vor menschlicher Verunreinigung, und täglich sehen wir Menschen, welche die Religion mißbrauchen und sich ihrer zu den größten Verbrechen bedienen. Dabei unterläßt man jedoch nie, den nöthigen Unterschied zu machen. Man zieht keine falsche Folgerung und verwechselt nicht die gute Sache mit der Bosheit ihrer Verdreher, die sie zur schlechten macht. Man trennt immer den Mißbrauch von der Bestimmung der Kunst, und ebensowenig, wie man sich beiläßt, die Medicin zu verdammen, weil sie aus Rom verbannt worden ist, und die Philosophie, weil sie in Athen von Staatswegen verurtheilt wurde, sollte man das Schauspiel verdammen, weil es zu gewissen Zeiten der Censur ausgesetzt war. Jene Censur hatte ihre Gründe, sie finden hier aber keine Anwendung. Sie bezog sich nur auf das, was sie sah, und wir müssen sie nicht aus den Schranken, die sie sich selbst gezogen hat, herausziehen und sie nicht so weit ausdehnen, daß sie den Unschuldigen mit dem Schuldigen vermengt. Das Schauspiel, das sie angriff, ist nicht dasselbe, das hier vertheidigt wird. Man darf nicht eins mit dem anderen zusammenwerfen. Es sind zwei Wesen von ganz verschiedenem Charakter. Das einzige, was sie gemeinsam haben, ist der Name; es wäre doch gewiß eine schreiende Ungerechtigkeit, Olympia, die eine brave Frau ist, verdammen zu wollen, weil es eine Olympia gegeben hat, die sittenlos war. Solche Folgerungen und Urtheilssprüche würden in der Welt eine große Verwirrung hervorrufen. Da müßte man Alles verdammen; weil man aber bei so vielen Dingen, die täglich dem Mißbrauch unterliegen, nicht so streng ist, sollte man es auch nicht beim Theater sein und sollte solche Stücke, die offenbar auf Belehrung und Sittlichkeit hinzielen, anerkennen. —

Ich weiß, daß es zartfühlende Gemüther gibt, die kein Schauspiel dulden, die da behaupten, daß die anständigsten die gefährlichsten sind, daß die dort gezeichneten Leidenschaften um so ergreifender sind, als sie tugendhaft sind, und man am leichtesten durch diese Art Darstellungen gerührt wird. Ich sehe jedoch nicht ein, worin das große Verbrechen liegt, wenn sich unser Herz beim Anblick einer tugendhaften Leidenschaft erweicht. Das heißt ja, sich gewaltig hoch hinauf schrauben, wenn wir eine solche Fühllosigkeit erreichen sollen. Sehr möchte ich zweifeln, daß eine so erhabene Vollkommenheit der menschlichen Natur möglich sei, und ich weiß nicht, ob es am Ende nicht besser wäre, die Leidenschaften der Menschen zu lenken und zu sänftigen, als auf Erstickung derselben hinzusteuern. — Gewiß, es gibt Orte, die man besser thut, öfter zu besuchen, als das Theater, und will man Alles, was sich nicht unmittelbar auf Gott bezieht, abweisen, so gehört das Schauspiel auch dazu, und dann mißbillige ich nicht, daß man es mit allem Uebrigen verdammt; aber angenommen, daß, wie es denn doch wahr ist, die

Uebungen der Frömmigkeit Intervalle gestatten, und daß die Menschen der Belustigung bedürfen, so behaupte ich, es gibt keine unschuldigere, als das Schauspiel. Doch ich habe mich vielleicht schon zu weitläufig über das Alles ausgedehnt und schließe mit dem Worte eines großen Fürsten (des Prinzen Condé) über den Tartüff.

Acht Tage nach dem Verbot desselben spielte man vor dem versammelten Hofe ein Stück Namens „Scaramouche, der Eremit". Der König sagte beim Schluß zu jenem Fürsten: „Ich möchte doch wissen, warum die Leute, die sich so sehr über Molière's Lustspiel skandalisiren, nichts von Scaramouche sagen", worauf der Fürst antwortete: „Der Grund ist, weil Scaramouche den Himmel und die Religion verspottet, die jenen Herrn wenig am Herzen liegt, aber Molière's Stück macht sich über sie selbst lustig, und das können sie nicht vertragen."

Erstes Placet (ohne Datum),

dem Könige dargereicht, ehe der Tartüff auf der Bühne der Stadt war aufgeführt worden.

Sire!

Da die Aufgabe des Schauspiels ist, die Menschen zu bessern, indem es sie belustigt, so habe ich geglaubt, daß ich in meiner Stellung nichts Besseres thun könnte, als die Laster und Thorheiten meines Jahrhunderts durch komische Spiegelbilder derselben anzugreifen. Da besonders die Heuchelei eines der gewöhnlichsten, lästigsten und gefährlichsten von allen ist, so hatte ich gemeint, allen ehrenhaften Leuten Ihres Reiches, Sire, keinen geringen Dienst zu erweisen, wenn ich ein Lustspiel dichtete, welches die Heuchler durchhechelte und die äußerst sorgfältig studirten Grimassen jener edlen Herrn, die verborgenen Spitzbübereien jener frommen Falschmünzer, die durch verstellten Religionseifer und sophismenreiche Christlichkeit die Welt zu betrügen suchen, bloß legte. — Sire, ich habe jenes Lustspiel gedichtet und zwar, wie ich glaube, mit aller Sorgfalt und Umsicht, die der zarte Stoff mir vorschrieb. Um die Achtung und Ehrfurcht, die wahre Fromme verdienen, zu beobachten, habe ich so viel wie möglich den Charakter, den ich darzustellen hatte, in seinem Unterschiede von ihnen bezeichnet. Ich habe

nichts zweideutig gelassen, ich habe Alles beseitigt, was zu einer Ver=
wechselung des Guten mit dem Bösen führen konnte, und mich in diesem
Gemälde so bestimmter Farben und so wesentlicher Züge bedient, daß man
gleich anfangs daran einen offenbaren Heuchler erkennen mußte.

Jedoch alle meine Vorsicht war vergeblich. Sire, man hat Ihr religiö=
ses Zartgefühl benutzt und hat Sie von der Seite genommen, wo Sie
allein faßbar sind, das heißt bei Ihrer Ehrfurcht vor heiligen Dingen. Die
Tartüffs haben das Geschick gehabt, sich bei Ihrer Majestät Gehör zu ver=
schaffen, die Originale haben die Kopie, wie unschuldig und wie richtig ge=
troffen sie auch erscheinen mochte, unterdrückt.

Obgleich die Unterdrückung dieses Werkes für mich ein empfindlicher
Schlag war, so wurde mein Unglück doch gemildert durch die Art und
Weise, wie Eure Majestät sich über die Sache ausgesprochen hatte, und ich
glaubte keinen Grund zum Klagen zu haben, da Sie mir gnädigst erklär=
ten, daß Sie persönlich nichts an dem Lustspiel auszusetzen hätten, das Sie
mir verboten, öffentlich aufzuführen.

Aber trotz der ehrenvollen Erklärung des größten und aufgeklärtesten
Monarchen, trotz der Billigung des Herrn Legaten und des größten Theils
unserer Prälaten, die nach der von mir veranstalteten Vorlesung meines
Werkes mit den Ansichten Eurer Majestät übereinstimmten, trotz alle dem
kurfirt ein von einem Pfarrer von . . . . . . geschriebenes Buch, welches alle
diese erhabenen Zeugnisse Lügen straft. Was Eure Majestät auch sagen
mögen, wie auch das Urtheil des Herrn Legaten und der Herrn Prälaten
ausfallen möge, mein Lustspiel, das man nicht gesehen hat, ist diabolisch,
und diabolisch mein Gehirn, ich bin ein eingefleischter Teufel in Menschen=
gestalt. Daß ich öffentlich verbrannt werde, genügt nicht, das wäre eine zu
wohlfeile Strafe; der fromme Eifer des edlen Mannes begnügt sich nicht
damit, er will durchaus, daß ich auf ewig verdammt sei, das ist aus=
gemacht. —

Jenes Buch ist Eurer Majestät vorgelegt worden, und gewiß ermißt
dieselbe, wie unangenehm es mir sein muß, mich täglich den Beleidigungen
jener Herrn ausgesetzt zu sehn, wie solche Verleumdungen mir schaden müs=
sen, wenn ich sie zu dulden habe, und wie sehr es mir am Herzen liegen
muß, mich zu rechtfertigen und dem Publikum zu zeigen, daß mein Lustspiel
nichts weniger, als das ist, wozu man es machen möchte. — Sire, ich will
nicht aussprechen, um was ich zur Wiederherstellung meines Rufes und zur
Rechtfertigung meines Werkes zu bitten hätte. Einem erleuchteten Mo=
narchen, wie Sie, braucht man nicht zu bezeichnen, was man wünscht, Sie
sehen wie Gott, wessen wir bedürfen, und wissen besser, als wir, was Sie

uns zu gewähren haben. Mir genügt es, mein Interesse in Eurer Maje=
stät Hände zu legen, und ich sehe mit Ehrfurcht dem, was dieselbe gnädigst
verfügen wird, entgegen.

Zweites Placet,

**dem Könige dargereicht im Lager vor Lille durch de la Thorillière und de la Grange,
Schauspieler Seiner Majestät und Kollegen des Herrn Molière in Betreff des am
6. August 1667 erlassenen Verbots, den Tartüff bis auf Weiteres aufzuführen.**

Sire!

Es ist sehr verwegen von mir, einen großen Monarchen inmitten
seiner ruhmvollen Eroberungen zu belästigen; doch Sire, wo anders soll ich
in meiner Lage Schutz finden, als da, wo ich ihn jetzt suche, und wen kann
ich gegen die Autorität der Macht anders anrufen, als den, der die Quelle
der Macht und Autorität ist, als den gerechten Erlasser unbedingter Befehle,
als den Fürsten, der Richter und Herr über Alles ist. —

Mein Lustspiel, Sire, hat sich bis jetzt noch nicht Ihrer Güte erfreuen
können. Vergebens habe ich ihm den Titel der Betrüger gegeben und
den Helden in weltlicher Kleidung erscheinen lassen, vergebens habe ich ihm
einen kleinen Hut, lange Haare, einen steifen Kragen, einen Degen und
einen mit Spitzen besetzten Rock gegeben, vergebens habe ich mehrere Stellen
gemildert und Alles das ausgetilgt, was den geringsten Vorwand zur Klage
den bekannten Originalen des Porträts, welches ich zeichnen wollte, geben
könnte, es hat das Alles zu nichts gedient. Auf die bloße Vermuthung
hin, was es damit auf sich hätte, ist die Kabale auf's neue erwacht. Man
hat ein Mittel gefunden, die Gemüther zu überrumpeln, die bei jeder ande=
ren Gelegenheit sich darauf was zu Gute thun, daß sie sich nicht überrum=
peln lassen. Kaum war mein Lustspiel erschienen, so wurde es durch den
Streich einer Autorität, vor der man Ehrfurcht haben muß, niedergeschmet=
tert, und Alles, was ich unter diesen Umständen thun konnte, um mich per=
sönlich vor dem Sturme zu retten, war, daß ich sagte: Eure Majestät
hätte mir gütigst die Erlaubniß zur Aufführung gegeben, und daß ich nicht
für nöthig erachtet hätte, sie von noch Anderen zu erbitten, weil Eure Maje=
stät früher allein die Aufführung verboten hatte.

Sire, ich zweifle nicht daran, daß die Leute, die ich in meinem Lustspiel
schildere, bei Eurer Majestät alle Hebel in Bewegung setzen werden, und daß

sie, wie sie schon einmal gethan, echte Ehrenmänner zu ihrer Partei herüber ziehen werden, die um so geneigter sind, sich täuschen zu lassen, als sie andere nach sich selber beurtheilen. Jene Leute besitzen die Kunst, allen ihren Absichten schöne Farben zu leihn; doch, welche Miene sie sich auch immer geben, das Interesse der Religion bestimmt sie gewiß nicht, das haben sie hinreichend bei jenen Lustspielen bewiesen, deren öffentliche Aufführung sie oft geduldet haben, ohne ein Wort zu sagen. Jene Lustspiele griffen nämlich nur die Frömmigkeit und Religion an, die ihnen wenig am Herzen liegt, aber mein Lustspiel greift sie selbst an, und das können sie nicht vertragen. Daß ich ihre Betrügereien vor aller Welt bloß gelegt habe, können sie mir nicht verzeihn, und man wird nicht ermangeln, Eurer Majestät zu sagen, daß sich ein jeder über mein Lustspiel geärgert habe. Die Wahrheit aber ist, daß ganz Paris sich nur über das Verbot der Aufführung geärgert hat, daß die Allerängstlichsten die Aufführung für nützlich gehalten haben, daß man sich gewundert hat, wie Personen von anerkannter Rechtschaffenheit so viel Rücksicht auf Menschen nahmen, die jeder verabscheuen muß, und die das Gegentheil sind von der Frömmigkeit, die sie im Munde führen.

Ich erwarte ehrfurchtsvoll die Bestimmungen, die Ihro Majestät hierüber zu treffen geruhen wird, aber, Sire, es ist gewiß, daß ich nicht mehr daran denken darf, Lustspiele aufzuführen, wenn die Tartüffs die Oberhand gewinnen; sie würden dadurch ein Recht bekommen, mich mehr als je zu verfolgen und würden auch an dem Unschuldigsten, das aus meiner Feder kommt, etwas auszusetzen haben. —

Sire, möchte Ihre Güte mir Schutz verleihen gegen ihre giftige Wuth, und möchte ich Eure Majestät bei der Rückkehr aus einem so glorreichen Feldzug von den Beschwerlichkeiten desselben zerstreuen können, indem ich nach so erhabenen Thaten unschuldige Vergnügungen biete und den Monarchen lachen mache, der Europa zittern macht. —

Der Tartüff

oder

der Betrüger.

Personen:

Madame Pernelle, Orgons Mutter.

Orgon, Elmirens Mann (in zweiter Ehe).

Elmire, Orgons Frau.

Damis, Orgons Sohn.

Mariane, Orgons Tochter und Valers Geliebte.

Valer, Marianens Liebhaber.

Cleant, Orgons Schwager.

Tartüff, ein Heuchler. [1]

Dorine, Marianens Zofe.

Herr Loyal, ein Gerichtspedell.

Ein Gefreiter.

Flipotte, Madame Pernelle's Magd.

Erster Aufzug.

Erster Auftritt.

Madame Pernelle. Elmire. Mariane. Cleant. Dorine. Flipotte. Damis.

Mad. Pernelle.

Flipotte, komm; ich will von ihnen mich befrein.

Elmire.

Sie gehn so rasch, Madam, man holt Sie ja kaum ein.

Mad. Pernelle.

Frau Tochter, bleiben Sie, begleiten Sie mich nicht!
Auf derlei Höflichkeit leg' ich gar kein Gewicht.

Elmire.

Man muß bei Ihnen stets, was Pflicht und Recht ist, thun;
Frau Mutter, doch warum sind Sie so eilig nun?

Mad. Pernelle.

Weil diese Wirthschaft mich auf's Aeußerste verstimmt,
Und weil kein Mensch im Haus auf mich mehr Rücksicht nimmt;
Ich gehe schlecht erbaut von hier und bin empört,
Daß Niemand mehr von euch auf meine Reden hört,
Daß alle Scheu dahin; es ist ja grade so,
Als hielt' hier seinen Hof der Bettelfürst Petaud. [2])

Dorine.

Wenn —

Mad. Pernelle.

Sie, Mamsell, Sie ist — weiß Sie? — nur eine Magd,
Sei Sie so vorlaut nicht und warte, bis man fragt;
Warum gibt Sie denn auch hier Ihren Senf dazu?

Damis.

Jedoch —

Mad. Pernelle.

Ein Tropf, mein Sohn, mit einem Wort, bist du,
Ich bin's, die Großmama, die dir's zu sagen wagt;
Dem Vater hab' ich es schon oft genug gesagt,
Es würde noch einmal ein schlimmes Ende nehmen,
Und bitter würd' er sich dereinst noch um dich grämen.

Mariane.

Ich meine —

Mad. Pernelle.

Du, du bist so sanft, so zart, so milde,
Als dächtest du an nichts und führtest nichts im Schilde,
Doch stillem Wasser, sagt man ja, ist nicht zu traun;
Was im Geheim du treibst, das kann mich nicht erbaun.

Elmire.

Frau Mutter —

Mad. Pernelle.

Mögen Sie's, Frau Tochter, übel nehmen,
Mir ist es einerlei, doch sollten Sie sich schämen;
Ein Beispiel müßten Sie für alle andren sein,
Die sel'ge Mutter sah das auch ganz richtig ein;
Sie sind Verschwenderin, und schmachvoll ist's zu sehn,
Wie Sie in Seid' und Sammt gleich der Prinzessin gehn, [3]
Denn schmückte man sich nur des eignen Mannes wegen,
Man würde so viel Putz und Schmuck nicht an sich legen.

Cleant.

Jedoch, Madam —

Mad. Pernelle.

Und Sie, der hier Herr Schwager heißt,
Ich acht' und schätze Sie, bewundre Ihren Geist,
Jedoch wär' ich mein Sohn, ihr Mann, ich bät' mir's aus,
Sie setzten keinen Fuß mir wieder in mein Haus;
Was Sie den Leuten hier als Weisheit offenbaren,
Hat für der Seele Heil bedenkliche Gefahren.
Ich gebe hier ganz frei des Herzens Meinung kund,
Denn eine Frau wie ich, die nimmt kein Blatt vor'n Mund. — 4)

Damis.

Nicht wahr, der Herr Tartüff, das ist der rechte Mann?

Mad. Pernelle.

Ja, folgte man ihm nur, man thäte wohl daran;
Es ärgert mich gar sehr, und ich erlaub' es nicht,
Daß solch ein Tropf, wie du, mir Böses von ihm spricht.

Damis.

Wie, dulden soll ich es, daß voll-von Heuchelei
Der Mensch uns auferlegt die ärgste Thrannei?
Entsagen sollen wir den Freuden dieser Welt,
Blos weil dem edlen Herrn die Sache nicht gefällt?

Dorine.

Ja, wenn man darauf hört und seinen Reden glaubt,
Ist Alles Teufelswerk, und nichts ist mehr erlaubt;
Und weil der fromme Mann die strengste Wache hält —

Mad. Pernelle.

Daß er das thut, das ist's, was mir an ihm gefällt,
Denn dadurch führt er euch zum Heil der Seele hin;
Drum folget wie mein Sohn ihm mit ergebenem Sinn.

Damis.

Nein, Großmama, es bringt kein Mensch auf dieser Welt,
Kein Vater mich dazu, daß mir der Mensch gefällt,

Und eine Lüge wär's, spräch' ich in andrem Ton;
Mit den Grimassen quält er mich seit lange schon,
Und nächstens gibt es was, ich sag' es euch voraus,
Mit jenem Schelm besteh' ich einen tücht'gen Strauß.

Dorine.

Die Leute lachen drob, es ist ja ein Skandal!
Da läßt sich sehen hier im Haus mit einem Mal
Ein hergelauf'ner Mensch, zerlumpt an Strumpf und Schuh,
Mit einem alten Rock, der werth nicht zwanzig Sous;
Er läßt sich frech genug ganz häuslich bei uns nieder,
Und wo er immer kann, da ist er uns zuwider.

Mad. Pernelle.

Viel weniger, bei Gott, gäb's hier im Haus zu rügen,
Entschlösset ihr euch nur, euch ganz nach ihm zu fügen.

Dorine.

In Ihrer Phantasie mag er ein Heil'ger sein,
In Wahrheit ist's bei ihm nur heuchlerischer Schein.

Mad. Pernelle.

Du Lästermaul —

Dorine.

   Und wie der Herr, so auch der Knecht;
Dem Burschen Lorenz, dem, bei Gott, trau ich nicht recht.

Mad. Pernelle.

Was jener Diener sei, das geht mich hier nicht an,
Doch wißt, daß für den Herrn ich mich verbürgen kann.
Ich sehe wohl, warum er euch nicht sehr behagt;
Das kommt davon, weil er euch laut're Wahrheit sagt,
Er strebt mit heil'gem Zorn der Sünde Macht entgegen,
Und Alles, was er thut, er thut's des Himmels wegen.

Dorine.

Ja wohl, wie kommt es denn, daß er seit ein'ger Zeit,
Wenn Jemand uns besucht, so gräßlich lärmt und schreit?

Thut's nöthig, daß er sich darum in Harnisch setze,
Als ob Geselligkeit die Religion verletze?
Doch, soll ich unter uns den wahren Grund euch sagen,
Es scheinet Eifersucht ihn um Madam zu plagen.

Mad. Pernelle.

Sie, halte Sie Ihr Maul, bedenk' Sie, was Sie spricht!
Er tadelt ja allein die hies'ge Wirthschaft nicht,
Die Menge, welche Tag für Tag hier kommt und geht,
Die lange Kutschenreih', die vor der Thüre steht,
Der rohen Diener Troß, die Menge der Lakaien,
Die rings die Nachbarn stört durch Fluchen und durch Schreien;
Ich gebe gerne zu, daß man nichts Schlechtes thut,
Jedoch man spricht davon, und das, das ist nicht gut.

Cleant.

Wie soll man hindern denn der Leute Stichelein?
Madam, auch scheint es mir der Müh' nicht werth zu sein;
Mit seinem besten Freund soll man blos darum brechen,
Damit die Leute nicht darüber Schlimmes sprechen.
Entschlösse man sich auch, und wollte man es thun,
Sind Sie denn so gewiß, die Krittler würden ruhn?
Ach gegen Bosheit schützt nicht Wall, nicht Schloß, noch Graben;
Drum sollte man darum nicht so viel Sorge haben.
Ist unser Wandel nur von Sünd' und Makel rein,
Dann laßt die Schreier gern, so viel sie wollen, schrein.

Dorine.

Zu ihnen zählt gewiß, ich zweifle nicht daran,[5]
Daphne, die Nachbarin, mit ihrem kleinen Mann.
Wer selber manchen Grund zu Spott und Tadel gibt,
Ist auch derselbe meist, der Sticheleien liebt;
Wo sie nur einen Schein von einer Lieb' entdecken,
O, wie sie eilig gleich den Kopf zusammenstecken.
Dann kleidet man das Ding, bevor man's weiter bringt,
In solcher Weise ein, daß es nach Wunsche klingt;

Gleich wird ein falscher Schein von Aehnlichkeit benützt,
Daß man sein eignes Thun auf das der Andern stützt;
So wird des Tadels Pfeil ganz leise abgewendet
Und grade nach dem Punkt, wohin man zielt, gesendet.

Mad. Pernelle.

Was die da raisonnirt, läßt mich ganz unberührt;
Das Leben, das Orant', auf die sie stichelt, führt,
Ist ganz dem Himmel nur geweiht und, wie man sagt,
Ist sie es, die zumeist die Wirthschaft hier beklagt.

Dorine.

Bei Gott, Sie führen da ein schönes Beispiel an,
Die ist gewaltig fromm, wer zweifelt noch daran?
Nur kam die Frömmigkeit erst mit der Flucht der Jugend;
Nicht wenig kostete ihr diese strenge Tugend.
So lang' es möglich war, Anbeter zu erwerben,
Ließ sie der Schönheit Glanz nicht ungenutzt verderben;
Doch da sie ihren Reiz allmählig schwinden sieht,
Entflieht sie einer Welt, die selber ihr entflieht,
Und sucht das, was der Zahn der Zeit ihr noch gelassen,
In's prächtige Gewand der Sprödigkeit zu fassen.
Das ist so die Manier der jetzigen Koketten,
Daß, bleibt die Liebe aus, sie sich zum Himmel retten,
Denn, stehn sie plötzlich da, verlassen und allein,
Dann bleibt nichts übrig mehr, als tugendhaft zu sein;
Das ist der Grund, warum sie sich so sehr ereifern
Und Alles, was sie sehn, mit Hohn und Spott begeifern.
Doch thun sie's wahrlich nicht aus reiner Christlichkeit,
Nein, Aerger ist es nur und scheler, blasser Neid,
Der es nicht sehen kann, daß Jugend noch genießt
Die Freuden einer Welt, die ihnen sich verschließt.

Mad. Pernelle
(zu Elmire).

Die schwätzt nur solches Zeug, weil's Ihnen so gefällt,
Ich aber schweige still, weil sie den Mund nicht hält.

Der steht ja niemals still und plappert immerfort;
Doch nähm' ich meinerseits noch gern einmal das Wort.
Ich sage euch, mein Sohn hat sich sehr klug benommen,
Als er den frommen Mann gebeten, herzukommen;
Der Himmel hat zum Heil ihn diesem Haus geschenkt,
Damit vom schlechten Weg er euch zum Guten lenkt.
Ihr müßt ihm euer Ohr zu eurer Rettung leihn;
Was wirklich tadelnswerth, das tadelt er allein.
Die Bäll' und Tanzpartien in späten Abendstunden,
Die hat doch ganz gewiß der Böse selbst erfunden,
Denn da wird nie ein Wort dem Höheren geweiht,
Da kennt man nur Geschwätz, nur Tand und Eitelkeit;
Was unser Nächster thut, wird nie dabei vergessen,
Ihm wird in reichem Maß Verleumdung zugemessen.
Wer sich dem Höh'ren weiht, wer ruhig und gesetzt,
Fühlt sich bei solchem Lärm natürlich tief verletzt.
Jüngst sprach ein wahres Wort ein Prediger davon,
Es sei da wie beim Bau des Thurms von Babylon,
Wo jeder plauderte, bis ihm die Zunge lahm;
Doch hört nur, wie der Mann auf das Kapitel kam —

(auf Cleant zeigend, der spöttisch lächelt)

Herr Schwager scheinen sich dran einen Spaß zu machen;
Geh' er zu seinen Narrn, da gibt es Stoff zum Lachen.

(Zu Elmire)

Jedoch Adieu, Madam! Hier halt' ich's nicht mehr aus;
Schön muß das Wetter sein, setz' ich in dieses Haus
Aufs neue meinen Fuß.

(Zu Flipotte, der sie eine Ohrfeige gibt)

Was glotzt Sie so empor? 6)

Potztausend, Element! da, reibe Sie Ihr Ohr.
Marsch, Vettel, marsch!

Zweiter Auftritt.

Cleant. Dorine.

Cleant.

Ich will sie nicht hinausbegleiten,
Sonst geht von neuem los das Schelten und das Streiten,
Denn diese alte Frau — [7]

Dorine.

O Schade, daß sie fort!
Denn Himmel, hätt' ihr Ohr vernommen dieses Wort,
Sie fänd' es sicherlich beleidigend von Ihnen
Und meint', sie sei doch noch zu jung, es zu verdienen.

Cleant.

Wie hat sie doch um nichts sich gegen uns erhitzt,
Und wie der Herr Tartüff ihr fest im Herzen sitzt!

Dorine.

Da sollten Sie nur erst Herrn Orgon reden hören,
Den wußte dieser Mensch ganz anders zu bethören.
Zur Zeit der Unruhn war er ein verständ'ger Mann,
Der in des Königs Dienst durch Muth sich Ruhm gewann, [8]
Doch ward in neuster Zeit er ein completer Tropf,
Seitdem der Herr Tartüff ihm spukt in seinem Kopf.
Schon nennt er Bruder ihn, sie sind wie Seel' und Leib,
Er liebt ihn mehr als Sohn, als Tochter, Mutter, Weib;
Tartüff ist's, dem allein er sein Vertrauen schenkt,
Der als Gewissensrath sein Thun und Lassen lenkt;
Er küßt und liebkos't ihn mit einer Zärtlichkeit,
Wie sie ein Liebender nur der Geliebten weiht;
Er will, daß stets am Tisch sein Platz der erste sei,
Und freut sich, wenn er mehr ihn essen sieht als drei;
Wo's gute Bissen gibt, die hebt er für ihn auf,
Und wenn er rülpst, so folgt ein: Gott gesegn' es, drauf.

Mit einem Wort, sein Held, sein Alles ist der Mann,
Bewundernd führt er ihn uns stets als Vorbild an;
Bei Allem, was er thut, staunt er in Einem fort,
Ein jedes Wort von ihm ist ein Orakelwort.
Der Schlaukopf kennt genau das Opfer seiner List
Und weiß, mit welchem Garn der Mann zu fangen ist;
Schon manche Summ' entlockt' ihm seine Heuchelei,
Und ganz nach Herzenslust macht er uns schlecht dabei.
Erfrecht sich doch sein Bursch, Vorschriften uns zu geben! [9])
Er kanzelt uns herab, bekrittelt unser Leben
Und wirft mit wildem Blick, mit wüthender Geberde
Pomade, Schmink' und Band und Pflästerchen zur Erde!
Zerriß der Schurke doch mir jüngst ein Busentuch,
Warum? weil er es fand in einem Heil'genbuch,
Und meinte, Sünde sei's und Frevel unerhört,
Daß man durch Teufelsputz des Heil'gen Nähe stört. —

Dritter Auftritt.

Elmire. Mariane. Damis. Cleant. Dorine.

Elmire
(zu Cleant).

Es ist ein Glück für Sie, daß Sie die schlimmen Worte
Nicht hörten, die Madam noch sprach dort an der Pforte. —
Ich glaub', es kam mein Mann, der mich noch nicht gesehn;
Erwarten will ich ihn und auf mein Zimmer gehn.

Cleant.

Dazu hab' ich nicht Zeit, noch viel ist zu besorgen,
Drum wart' ich hier auf ihn und sag' ihm guten Morgen.

Vierter Auftritt.

Cleant. Damis. Dorine. Orgon.

Damis.

O sprechen Sie mit ihm von meiner Schwester Ehe,
Ich fürchte sehr, daß uns Tartüff im Wege stehe.
Ein großer Kummer wär's, wenn er sie hintertriebe,
Sie wissen ja, wie sehr ich Marianen liebe;
Wie Freund Valer nach ihr sich sehnt mit heißer Gluth,
So bin auch ich schon längst der Schwester herzlich gut,
Und müßte —

Dorine.

Still, er kommt.

Orgon.

Ei, Schwager, welch ein Glück!

Cleant.

Just woll' ich gehn, drum freut mich's, daß Sie schon zurück.
'S ist wohl noch ziemlich kahl und öd' in Feld und Garten?

Orgon.

Dorine! —

(Zu Cleant)

Bitte doch, Herr Schwager, noch zu warten;
Ich will ein wenig nur nach Licht und Feuer sehn
Und mich erkund'gen, was die Tage her geschehn.

(Zu Dorine)

Dorine, sage Sie, wie steht es hier im Haus?
Wie ging es, nun? Wie sieht's mit der Gesundheit aus? ·

Dorine.

Ach Gott! Vorgestern litt Madam am Fieber kläglich,
Dabei brannt' ihr den Kopf vor Schmerzen ganz unsäglich.

Orgon.

Jedoch Tartüff?

Dorine.

Tartüff befindet sich sehr gut,
Ist dick und fett und roth, sieht aus wie Milch und Blut.

Orgon.

Der gute Mann! [10])

Dorine.

Madam litt sehr an Uebelkeit
Und nahm den Bißen nicht, sie that uns herzlich leid,
Und immer ärger noch ward Abends ihre Pein.

Orgon.

Jedoch Tartüff?

Dorine.

Der saß am Tisch, vor ihr, allein,
Verzehrt' ein Schnepfenpaar in gottgeweihter Ruh,
Und nahm, da er nicht satt, noch Schöpsenbraten zu.

Orgon.

Der gute Mann!

Dorine.

Sie fand nicht Ruh die ganze Nacht,
Sie hat vor Fieberangst kein Auge zugemacht,
Und wie sie schlimmer ward, so wuchsen unsre Sorgen;
Wir blieben bei ihr auf und wachten bis zum Morgen.

Orgon.

Jedoch Tartüff?

Dorine.

Als ihn der Schlummer sanft umfing,
Erhob er sich vom Tisch, daß er zu Bette ging;
Er hüllte warm und weich sich in die seid'nen Decken
Und schlief bis in den Tag, man mußt' ihn endlich wecken.

Orgon.

Der gute Mann!

Dorine.

Madam, durch unser Flehn bewogen,
Hat einem Aderlaß sich endlich unterzogen.

Orgon.

Jedoch Tartüff?

Dorine.

Tartüff, der hat sich aufgerafft
Und zeigte bei dem Schmerz beneidenswerthe Kraft;
Das Blut, das sie verlor, das bracht' er wieder ein,
Denn bei dem Frühstück trank er zwei Bouteillen Wein.

Orgon.

Der gute Mann!

Dorine.

Und nun sind beide hergestellt.
Ich gehe zu Madam, wenn's Ihnen so gefällt,
Und melde, daß Sie hier, und sag' ihr auch dabei,
Wie herzlich Sie sich freun, daß ihr jetzt besser sei.

Fünfter Auftritt.

Cleant. Orgon.

Cleant.

Herr Schwager, die Mamsell lacht Ihnen in's Gesicht.
Zwar Ihnen weh zu thun, ist meine Absicht nicht,
Doch sag' ich grad heraus, daß Ihnen recht geschieht:
Sie sind verblendet, wie man selten Jemand sieht.
Ist's möglich, daß ein Mensch Sie so umsponnen hält?
Um ihn vergessen Sie, bei Gott, die ganze Welt!
Sie zogen aus der Noth hervor ihn dergestalt,
Daß Sie —

Orgon.

Herr Schwager, halt sag' ich, und nochmals halt!
Sie kennen nicht den Mann, von dem Sie reden, nein.

Cleant.

Nun gut, ich kenn' ihn nicht, es möge denn so sein;
Doch deucht mir, kommt man leicht dem Menschen auf die Spur.

Orgon.

Sie hätten Freud' an ihm, ach kennten Sie ihn nur!
Mit jedem Tage fing' Ihr Glück von neuem an.
Er ist ein Mann, der ... ach, ein Mann! ja kurz ein Mann!
Wer seinen Lehren folgt, empfindet tiefen Frieden,
Nichts als ein Sündenpfuhl ist ihm die Welt hienieden.
Ich ward ein andrer Mensch, seitdem er mich belehrt;
Von jeder Neigung Drang hat er mich schon bekehrt,
So sehr, daß mir ein Nichts schon Lieb' und Freundschaft sind,
Und stürbe Bruder mir und Mutter, Frau und Kind,
Nichts macht' ich mir daraus, es wär' mir einerlei.

Cleant.

Es scheint mir nicht, daß dies natürlich, menschlich sei.

Orgon.

Ach, würden Sie mit ihm, wie ich es ward, bekannt,
Dann wären Sie gewiß ihm herzlich zugewandt.
Tagtäglich sah ich ihn in unsre Kirche treten,
Und auf den Knien vor mir zu Gott inbrünstig beten;
Er rief mit einem Mal durch Schluchzen und durch Stammeln
Die Augen Aller her, die sich dort fromm versammeln.
Wie blickt' er dann empor mit brünstiger Geberde,
Wie küßt' er demuthsvoll mit heißem Kuß die Erde!
Und brach ich auf, so ging er eilig mir voran
Und bot mir an der Thür geweihtes Wasser an.
Sein Diener ist wie er, den hab' ich ausgefragt,
Der hat mir, wer er sei, und, daß er arm, gesagt.

Ich bot mein Geld ihm an, doch mit bescheidnem Sinn
Nahm er die Hälfte nur von meiner Gabe hin
Und sprach: „Es ist zu viel, gewiß, ich bin's nicht werth,
Daß meiner Sündigkeit so Hohes widerfährt."
Doch ich nahm nichts zurück. O wie er darauf eilte
Und an die Armen rings die Hälfte Geld vertheilte!
Dann auf des Himmels Rath lud ich ihn zu mir ein,
Und herrlich, seit er hier, scheint Alles zu gedeihn,
Er tadelt, was er sieht, und achtet sehr genau
Der Ehre wegen, wie er sagt, auf meine Frau,
Und mehr scheint ihn wie mich die Eifersucht zu plagen;
Er steckt mir's gleich, wenn ihr die Herrn was Schönes sagen.
Sie glauben's nicht, wie leicht sein Eifer sich entfacht,
Wie er um's Kleinste selbst sich ein Gewissen macht;
Ihn quält ein wahres Nichts und macht das Herz ihm schwer.
Fragt er mich neulich doch, ob es nicht Sünde wär',
Daß mitten im Gebet er einen Floh gefangen
Und gleich von Zorn erfaßt dran einen Mord begangen.

Cleant.

Herr Schwager, ja Sie sind, das ist mir klar, ein Thor,
Sonst schwatzten Sie mir nicht so vielen Unsinn vor.
Und hören soll ich drauf? Ei, gehn Sie mir doch fort!

Orgon.

Daß Sie ein Weltkind sind, hör' ich aus jedem Wort;
Der schlimme Geist der Zeit hat Sie schon in den Klauen.
Wie oft ermahnt' ich Sie, dem Bösen nicht zu trauen,
Sonst, glauben Sie mir nur, steht Schlimmes noch bevor.

Cleant.

Mit derlei Reden liegt man uns jetzt mehr im Ohr.
Die Leute wünschten sehr, man sei wie sie so blind;
Wer klare Augen hat, der ist der Sünde Kind.
Zeigt Einer Ehrfurcht nicht für ihren Firlefanz,
Da fehlt es ihm an Sinn für alles Heil'ge ganz.

Doch geht, mich schreckt ihr nicht mit solchen Gaukelei'n,
Der Himmel blickt, ich weiß, uns in das Herz hinein;
Drum werdet ihr auch nie zum Sklaven mich bekommen.
Den falschen Helden gleich sind jene falschen Frommen;
Ein wahrhaft tapfrer Mann verfolgt der Ehre Bahn
Und prahlet nicht mit dem, was Großes er gethan,
So gibt, wer wirklich fromm in seines Herzens Grund,
Sein Heiligstes nicht gleich durch die Grimasse kund.
Wie, sehn Sie denn nicht ein, daß sehr verschieden sei
Die echte Frömmigkeit von bloßer Frömmelei?
Man darf sie nimmermehr mit gleichem Namen nennen,
Man muß das Angesicht von seiner Maske trennen.
Zwar Ihnen scheint, wer schlau, der Ehrliche zu sein,
Denn Sie verwechseln stets das Wesen mit dem Schein,
Sie sehen die Gestalt schon in dem bloßen Schemen;
Und möchten falsches Geld für baare Münze nehmen.
Die meisten Menschen sind doch wahrlich sonderbar;
Zufrieden nie mit dem, was einfach ist und wahr,
Vermögen sie es nie, im rechten Gleis zu bleiben,
Und müssen gleichwie Lob auch Tadel übertreiben;
Verdorben werden so die allerbesten Sachen,
Weil man sich Mühe gibt, noch mehr daraus zu machen.
Herr Schwager, merken Sie sich's bei Gelegenheit —

Orgon.

Gewiß, Sie sind ein Mann von viel Gelehrsamkeit,
Sie sogen ganz und gar das Wissen in sich ein,
Und weis' und aufgeklärt, Sie sind es nur allein;
Sie ragen in der Zeit, ein Cato, hoch hervor,
Mit Ihnen im Vergleich ist jedermann ein Thor.

Cleant.

Herr Schwager, keineswegs bin ich so klug allein,
Nicht alle Wissenschaft sog ich in mich hinein;
Gelernt hab' ich jedoch, und das scheint mir genug,
Den Unterschied zu sehn von Wahrheit und Betrug.

Ein Mann, der wirklich fromm inmitten dieser Welt,
Steht höher mir, als selbst der größte Kriegsheld;
Was kann auch schöner sein in der verderbten Zeit,
Als jene heil'ge Gluth der echten Frömmigkeit!
Drum scheint mir auch nichts mehr Verachtung zu verdienen,
Als jene Gleisnerei mit gottergebnen Mienen,
Als jene Charlatans an unsren Straßenecken,
Für die die Frömmigkeit nur dient zu irb'schen Zwecken;
Sie treiben ungestraft mit Allem Lüg' und Spott,
Was sonst doch heilig gilt vor Menschen und vor Gott;
Der Leute Sinn ist ganz dem Vortheil nur geweiht;
Zum Handwerk und Geschäft wird ihre Frömmigkeit,
Mit heil'gem Angstgestöhn, mit frommem Augenspiel
Erkaufen sie sich Würd' und Rang, ihr höchstes Ziel,
Und laufen so bequem auf hohen Himmelswegen
Dem, was allein sie reizt, dem irb'schen Glück, entgegen;
Sie pred'gen immerfort ein einfach stilles Leben
Und sind dabei doch gern vom Glanz des Hofs umgeben;
Mit ihren Lastern geht die Tugend Hand in Hand,
Sie sind voll Rachsucht, schlau und pfiffig und gewandt,
Und, handelt sich's darum, den Gegner zu vernichten,
Da hilft der Himmel gleich mit seinen Strafgerichten.
In heil'gen Eifer hüllt sich ihre Rache ein,
Und vor Gehässigkeit bewahrt der fromme Schein;
Wer seines Feindes Brust mit heil'gem Dolche trifft,
Der erntet selbst noch Dank für seiner Rachsucht Gift.
An Frommen dieser Art sind wir jetzt nur zu reich,
Doch wer von Herzen fromm, auch den erkennt man gleich. [11]
Gottlob, es gibt auch jetzt noch manchen Ehrenmann,
Der in der Frömmigkeit als Vorbild dienen kann.
Ariston nenn' ich hier, Alcidamas, Clitander,
Und nenne auch Oront und nenne Periander;
Es leugnet Niemand wohl, daß sie den Ruf verdienen,
Doch gehn sie je einher mit prahl'risch frommen Mienen?
Ach nein, es macht sich nie ihr heil'ger Eifer breit,
Sie sind voll milden Sinns, voll schöner Menschlichkeit,

Und da sie nichts so sehr als Ueberhebung hassen,
So tadeln sie nicht gleich der Andern Thun und Lassen,
Sie sind nicht gleich zur Hand mit Predigt und mit Rath,
Sie predigen vielmehr durch eine gute That;
Auch werden sie nicht wild, wo ein Verdacht sich zeigt,
Und sind zur Nachsicht gern bei Anderen geneigt;
Sie halten sich von List und von Kabale frei
Und streben nur dahin, daß rein ihr Wandel sei.
Und wenn einmal ihr Zorn in Flammenworten spricht,
So gilt's der Sünde nur, dem Sünder gilt es nicht;
Auch lassen sie sich nie vom Eifer so verleiten,
Daß mehr, als er's verlangt, sie für den Himmel streiten.
Die sind's, Herr Schwager, die den frommen Trotz beschämen;
Man thäte wohl, daran ein Beispiel sich zu nehmen.
Jedoch Ihr Musterbild gehört zu diesen nicht:
Und wenn sein frommer Sinn Ihr gläub'ges Herz besticht,
So fürcht' ich, falscher Schein ist es, der Sie verblendet.

Orgon.

Herr Schwager, haben Sie die Predigt jetzt beendet?

Cleant.

Ja wohl.

Orgon.

Ihr Diener denn, Adieu! Ich gehe fort.

Cleant.

Nur einen Augenblick; ich habe noch ein Wort [12]
Zu reden. Ganz gewiß ist Ihnen noch bekannt,
Daß Sie dem Herrn Valer gelobt der Tochter Hand?

Orgon.

Gewiß.

Cleant.

Zur Heirat ward der Tag schon festgesetzt.

Orgon.

Gewiß.

Cleant.

Aus welchem Grund verschieben Sie ihn jetzt?

Orgon.

Ich weiß nicht —

Cleant.

Sollten Sie ganz andre Pläne haben?

Orgon.

Vielleicht.

Cleant.

So brächen Sie das Wort, das Sie ihm gaben?

Orgon.

Das sag' ich nicht.

Cleant.

Es gibt, Herr Schwager, doch gewiß,
Ihr Wort zu halten, hier durchaus kein Hinderniß.

Orgon.

Je nun nachdem —

Cleant.

Was soll der Umschweif denn hierbei?
Valer will wissen nur ganz kurz, woran er sei.

Orgon.

Der Himmel sei gelobt!

Cleant.

Und was soll ich ihm sagen?

Orgon.

Was Ihnen nur beliebt.

Cleant.

Allein ich muß doch fragen,
Worin denn der Beschluß, den Sie gefaßt, bestehe?

Orgon.

Das, was der Himmel will, Herr Schwager, das geschehe!

Cleant.

Ich sage kurz und gut: Sie gaben Ihr Versprechen,
Und frage: wollen Sie es halten oder brechen?

Orgon.

Adieu.

Cleant
(für sich).

Ich fürchte sehr, ein Unglück droht dem Paare,
Und große Eile hat's, daß es davon erfahre.

Zweiter Akt.

Erster Auftritt.

Orgon. Mariane.

Orgon.

Mariane!

Mariane.

Ruft Papa?

Orgon.

Komm, Kind, daß ich ein Wort
Ganz im Vertrau'n mit dir —

Mariane
(zu Orgon, der in's Kabinet blickt).

Mein Gott, was suchen Sie denn dort?

Orgon.

Ich seh', ob Niemand da, der uns behorchen kann,
Denn das geht gar zu leicht in diesem Zimmer an.
Nun wohl, wir sind allein. Stets warst du, liebes Kind,
Gehorsam gegen mich, du bist ja gut gesinnt,
Und immer hab' ich dir mich zärtlich zugewandt.

Mariane.

Ich habe dankerfüllt das, Vater, stets erkannt.

Orgon.

So ist es recht. Und um der Liebe werth zu sein,
Mußt du ein willig Ohr jetzt deinem Vater leihn.

Mariane.

So hab' ich stets die Pflicht der Tochter aufgefaßt.

Orgon.

Sehr wohl. Was denkst du denn, mein Kind, von unsrem Gast?

Mariane.

Wer, ich?

Orgon.

Ja du. Komm, sprich mit mir ganz unbefangen.

Mariane.

Nun wohl; dann sag' ich das, Papa, was Sie verlangen.

Zweiter Auftritt.

Orgon. Mariane. Dorine,
(die leise auf den Zehen hereintritt und sich ungesehen hinter Orgon stellt).

Orgon.

Das ist sehr weise, Kind. Darum erkläre mir,
Du sähest in Tartüff der Menschheit höchste Zier;
Dein Herz sei ihm geneigt, dein innigstes Verlangen
Sei, ihn recht bald von mir zum Gatten zu empfangen.
Daß —

(Mariane weicht erschreckt zurück.)

Mariane.

Wie!

Orgon.

Wie, was?

Mariane.

Wie?

Orgon.

Was?

Mariane.

Was hat sich zugetragen?

Orgon.

Wie so?

Mariane.

Von wem, Papa, von wem denn soll ich sagen,
Daß er mein Herz besitzt, und daß mein heiß Verlangen
Mich drängt, ihn zum Gemahl von Ihnen zu empfangen?

Orgon.

Tartüff!

Mariane.

Das ist nicht wahr, das kann ich Ihnen schwören;
Sie wollen doch von mir gewiß nur Wahrheit hören.

Orgon.

Und Wahrheit wird es auch, mein Kind, denn es genügt,
Daß du erfährst, wie ich darüber so verfügt.

Mariane.

Das, Vater, wollten Sie?

Orgon.

Ja, ja, so soll es sein!
Die Heirat führt Tartüff in die Familie ein;
Er wird dein Ehemann, das ist jetzt abgemacht,
Und da ich dein Gefühl —

(Dorine bemerkend)

Was schleicht Sie da so sacht?
Die Neugier scheint mir doch ein wenig weit zu gehn,
Daß Sie es wagt, Mamsell, zum Lauschen da zu stehn.

Dorine.

Das thu' ich nicht, doch ward mir etwas hinterbracht,
Und ich weiß wahrlich nicht, wer sich das ausgedacht,
Sie wollten Herrn Tartüff vereh'lichen Ihr Kind;
Natürlich sagt' ich gleich, daß das nur Lügen sind.

Orgon.

Wie? hat die Sache so unglaublich Ihr geschienen?

Dorine.

Ja, sagten Sie es mir, ich glaubt' es selbst nicht Ihnen.

Orgon.

Ein Mittel weiß ich schon, wahrscheinlich es zu machen.

Dorine.

Ach Spaß, Sie sagen's doch ja nur für uns zum Lachen.

Orgon.

Zur Wahrheit wird der Spaß, Mamsell, schon nächster Tage.

Dorine.

Ach, Possen!

Orgon
(zu Mariane).

Voller Ernst ist, Tochter, was ich sage.

Dorine.

Mein liebes Fräulein, ei, so glauben Sie's doch nicht!
Er spaßt.

Orgon.

Ich wiederhol's.

Dorine.

Ob ernst auch Ihr Gesicht,
Es glaubt's kein Mensch.

Orgon.

Wie, soll ich euch in andrem Ton — ?

Dorine.

Es thut mir leid um Sie, doch gut, wir glauben's schon. —
Ist's möglich, daß ein Mann, vernünftig und bejahrt,
Dem mitten im Gesicht hängt so ein langer Bart,
So thöricht sei, daß er —

Orgon.

Sie nimmt sich hier im Haus,
Wie mir es scheint, Mamsell, gewaltig viel heraus;
Jetzt hält Sie mir den Mund, soll ich's noch einmal sagen?

Dorine.

Ha, wie er brummt! Mein Herr, wir wollen uns vertragen.

Wie aber kommen Sie denn jetzt zu dem Komplott?
Für Ihre Tochter taugt kein Mann, der so bigott.
Muß nicht ein frommer Mann auf ganz was andres sinnen?
Und was, was denken Sie damit denn zu gewinnen?
Wie kommen Sie dazu, mit allem Ihren Geld,
Solch einen Lump —

Orgon.

Das ist's, was mir an ihm gefällt.

Und weil er nichts besitzt, darum muß man ihn achten
Und seine Dürftigkeit als ehrenvoll betrachten,
Weil grade darin sich sein edles Wesen zeigt;
Das grade ist's, was ihm zum höchsten Ruhm gereicht.
Denn darin zeigt er sich erhaben, schön und groß;
Der einz'ge Grund, weshalb er elend, nackt und bloß,
Ist, weil sein hoher Geist nie an das Ird'sche denket,
Weil seine Seele sich in's Ewige versenket.
Jedoch mein Beistand kann ihm sehr von Nutzen sein,
Und nächstens tritt er schon in seine Güter ein,
In seinem Land erkennt man seine Titel an;
Und so wie ihr ihn seht, ist er ein Edelmann. [13]

Dorine.

Gewiß, er sagt's ja selbst; jedoch mein Herr, mir scheint,
Daß Adelstolz sich schlecht mit Christensinn vereint.
Wer sich dem Himmel weiht mit solchem Herzensdrang,
Der legt kein Gewicht auf Titel, Würd' und Rang;
Der Frommen stille Art, ihr Wandel rein und schlicht
Verträgt sich ja mit Glanz, mit Ruhm und Ehrgeiz nicht.
Jedoch Sie hören das nicht gern, ich seh' es schon,
Drum still davon und nur ein Wort von der Person.
Nimmt denn, ich bitte Sie, ein Mädchen wie Mariane
Solch einen Menschen gern, wie diesen hier, zum Manne?
Sie sollten doch, mich dünkt, den Anstand nicht vergessen
Und thäten wohl, dabei die Folgen zu ermessen.
Heißt das nicht in Gefahr des Mädchens Tugend bringen,
Will man sie zu der Eh', die ihr zuwider, zwingen?

Denn wie sich eine Frau im Eheſtand benimmt, [14]
Hängt ſehr vom Manne ab, den man für ſie beſtimmt.
Wenn Eine ihren Mann zum Ziel des Spottes macht,
So hat er ſelber ſie doch meiſt dahin gebracht.
Es ſcheint mir ſchwer, daß man den Schatz der Tugend wahrt
Gewiſſen Männern, wenn ſie von gewiſſer Art.
Drängt man der Tochter auf den Mann, den ſie nicht liebt,
Dann ſteh' man dafür ein, was ſich daraus ergibt.
Bedenken Sie darum, wie viel Gefahr dabei.

Orgon.

Belehren will mich die, was zu bedenken ſei?

Dorine.

Gewiß, und folgten Sie, es wär' Ihr Schade nicht.

Orgon
(zu Mariane).

Du, höre nicht darauf, was die Mamſell da ſpricht.
Als Vater weiß ich, was, mein Kind, dir frommen kann.
Zwar nahm ich jüngſt Valers Bewerbung um dich an,
Doch hör' ich, daß man ihn für einen Spieler hält;
Er fröhnet, ſagt man mir, den Lüſten dieſer Welt,
Und in der Kirche hab' ich ihn noch nie geſehn.

Dorine.

Soll er dahin denn zur beſtimmten Stunde gehn,
Wie jene, die es thun, nur um ſich dort zu zeigen?

Orgon.

Verlang' ich Ihren Rath? wird Sie mir endlich ſchweigen?
Es ruhet auf Tartüff des Himmels Wohlgefallen,
(zu Mariane)
Das aber iſt, mein Kind, der größte Schatz von allen:
Es führt ein Bund mit ihm dich auf des Himmels Wegen,
Wo Wonne für dich blüht und reicher Himmelsſegen;
Ihr wandelt dort einher im Schatten kühler Lauben
Und liebt wie Kindlein euch, wie zarte Turteltauben;

4 *

Es bleiben Streit und Zank dort ewig von euch fern,
Und was er werden soll, für dich wird er es gern.

Dorine.

Ach, meiner Treu, ein Tropf wird doch ja nur daraus.

Orgon.

Was schwatzt Sie da?

Dorine.

Nun ja, denn darnach sieht mir's aus.
Der Einfluß, den er übt, o säh'n Sie das doch ein,
Kann Ihrer Tochter nur verderbenbringend sein.

Orgon.

Sie unterbricht mich nicht, ich hab's Ihr oft gesagt,
Und gibt nur Ihren Senf dazu, wenn man Sie fragt.

Dorine.

Sie können daraus sehn, wie ich Ihr Bestes will.

Orgon.

Das ist durchaus nicht noth, Sie schweigt jetzt endlich still.

Dorine.

Ach, liebte man Sie nicht! —

Orgon.

Die Liebe thut nicht noth.

Dorine.

Und dennoch liebt man Sie, auch gegen Ihr Verbot.

Orgon.

Ah!

Dorine.

Muß es mir nicht leid um Ihre Ehre sein,
Daß man Sie überall verfolgt mit Sticheln?

Orgon.

Schweigt Sie nun endlich still?

Dorine.

Es liegt mir Alles dran,
Und ist auch Pflicht, daß ich es hindre, wie ich kann.

Orgon.

Du falsche Schlange, schweig, laß deine Zungenspitze —

Dorine.

Sie sind ein frommer Mann und kommen so in Hitze?

Orgon.

Die Galle regt sich mir bei diesen Faselein,
Ich sag's zum letzten Mal, Sie soll jetzt stille sein.

Dorine.

Ich bin ja mäuschenstill, doch hindert's nicht, zu denken.

Orgon.

So denk' Sie, was Sie will; ich will's Ihr gerne schenken,
Daß Sie es mir erzählt.

(zu Mariane)

Mein Kind, als weiser Mann
Erwäg' ich ganz genau —

Dorine.

Es kommt mir bitter an,
Daß ich nicht sprechen darf.

Orgon.

Ein Damenheld zwar nicht
Ist Herr Tartüff . . .

Dorine.

Ach nein, ein Affenangesicht.

Orgon.

Und wärest du so sehr nicht für ihn eingenommen,
So ist sein sonst'ger Werth —

Dorine
(bei Seite).

Der wird ihr schön bekommen!

(Orgon wendet sich zu Dorine, hört sie mit verschränkten Armen an und sieht ihr
in's Gesicht.)

Wär' ich an ihrer Stell', — ein Mann, den ich nicht wollte,
Ich schwör's, daß ungestraft mich der nicht freien sollte!
Er sollte merken wohl, gleich nach dem Hochzeitstag,
Was eine Frau, wenn sie sich rächen will, vermag.

Orgon.

Wie, hört Sie noch nicht auf, schwatzt keck mir in's Gesicht?

Dorine.

Warum so böse denn? Mit Ihnen red' ich nicht.

Orgon.

Was thut Sie denn?

Dorine.

Darf man nicht mit sich selber sprechen?

Orgon
(bei Seite).

Nun gut; es ist jetzt Zeit, daß ich für ihr Erfrechen
Ihr eins versetz'. Ich wollt', ich hätt' es längst gethan.

(Er schickt sich an, Dorinen eine Ohrfeige zu geben, und sieht bei jedem Worte, das
er seiner Tochter sagt, Dorine an, die stumm und grade vor ihm steht.)

(Zu Mariane)

Mein Kind, ich bin gewiß, du billigst meinen Plan;
Du weißt ja, daß der Mann, den ich dir vorgeschlagen ...

(Zu Dorine)

Wie, sagt Sie nichts dazu?

Dorine.

Ich hab' mir nichts zu sagen.

Orgon.

Nur noch ein kleines Wort - -

Dorine.

Ich wüßte nicht warum.

Orgon.

So thu Sie's doch —

Dorine.

Mein Treu, da wär' ich herzlich dumm.

Orgon
(zu Mariane).

Mein Kind, ein willig Ohr mußt du dem Vater leihn,
Und Achtung jener Wahl, die ich getroffen, weihn.

Dorine
(indem sie flieht).

Für einen solchen Mann, da dankt' ich rund heraus! 15)

Orgon
(der ihr beinahe eine Ohrfeige gegeben hätte).

Die ist ja eine Pest, mein Kind, für unser Haus,
Und bleibt sie hier, so geht das nie und nimmer gut.
Jetzt sag' ich weiter nichts, dazu ist mir das Blut
Zu sehr vom Zorn erhitzt, ich stehe wie auf Kohlen,
Und geh' drum an die Luft, mich etwas zu erholen.

Dritter Auftritt.

Mariane. Dorine.

Dorine.

Wie Fräulein, sind Sie denn ganz zung= und lungenlahm,
That's noth, daß ich für Sie das Reden übernahm?
Sie dulden's, daß man wagt, den Menschen vorzuschlagen,
Und haben nicht den Muth, entschieden Nein zu sagen?

Mariane.

Was konnt' ich thun? die Macht hat Vater ja in Händen.

Dorine.

Sie mußten jenen Streich mit Klugheit von sich wenden.

Mariane.

Wie?

Dorine.

Sagen, daß ein Herz aus zweiter Hand nicht liebt,
Daß man ihn zum Gemahl nicht ihm, nein Ihnen gibt,
Und, da die Sache Sie am meisten trifft von Allen,
So muß nicht ihm allein, auch Ihnen er gefallen,
Und da er so entzückt von diesem schönen Herrn,
So nehm' er ihn zum Mann, und Sie erlaubten's gern.

Mariane.

Des Vaters Ansehn steht so hoch bei mir, so fest,
Daß sich dagegen nicht so leicht was sagen läßt.

Dorine.

Bedenken Sie doch nur, Vater hält um Sie an;
Spricht Liebe oder nicht bei Ihnen für den Mann?

Mariane.

Verkennung soll ich nun sogar von dir ertragen,
Ob Liebe für ihn spricht, wie kannst du mich nur fragen?

Schon oft erschloß ich dir mein innerstes Gemüth,
Du weißt, wie's für Vater in Liebe stets geglüht.

Dorine.

Das Wort der Liebe hör' ich oft aus Ihrem Munde,
Doch frag' ich: Lieben Sie so recht aus Herzens Grunde?

Mariane.

Wie bist du ungerecht! Wie, kannst du zweifeln noch?
Was ich empfinde, zeigt' ich oft genug dir doch.

Dorine.

Sie lieben ihn gewiß?

Mariane.

Mit aller Seelengluth.

Dorine.

Und ist er Ihnen auch so recht von Herzen gut?

Mariane.

Ich glaube, ja.

Dorine.

Und sehnt Ihr Herz sich nach der Stunde,
Die Sie vereinen soll?

Mariane.

Gewiß, aus tiefstem Grunde.

Dorine.

Was aber woll'n Sie thun, wenn man Sie dennoch zwingt
Zur Heirat mit Tartüff?

Mariane.

Mich tödten, eh's gelingt.

Dorine.

Ein Selbstmord! ja, gewiß, dran hatt' ich nicht gedacht,
Daß man dadurch sogleich der Sach' ein Ende macht.

Ein herrlich Mittel das, — ich fahre aus der Haut,
Daß man mit so etwas zu kommen sich getraut.

Mariane.

Mein Gott, wie kannst du denn darob so böse sein,
Du hast kein Mitgefühl mit meiner Angst und Pein.

Dorine.

Ich hab's auch nicht, wenn man mir so viel Unsinn sagt,
Und wo es gilt, durchaus kein Herz zu fassen wagt.

Mariane.

Jedoch, wenn von Natur ich nun so ängstlich bin?

Dorine.

Wo Liebe ist, da ist auch fester, starker Sinn.

Mariane.

Den zeig' ich dem Valer, und ist's nicht seine Sache,
Daß er zu dieser Eh' den Vater willig mache?

Dorine.

Doch, wenn Ihr Vater nun ein mürr'scher Starrkopf ist,
Der über Herrn Tartüff die ganze Welt vergißt,
Wenn sein gegebnes Wort er ihm zu Liebe brach,
Soll Ihr Geliebter denn vertreten solche Schmach?

Mariane.

Soll ich durch Widerspruch die Welt mit Lärm erfüllen?
Soll ich mein tiefstes Herz den Leuten denn enthüllen,
Verletzen, wie für ihn sein hoher Werth auch spricht,
Mein weibliches Gefühl und meine Tochterpflicht?

Dorine.

Nein, nichts verlang' ich, nichts; es ist ja offenbar,
Sie wollen den Tartüff, die Sache ist mir klar.
Je nun, es ist verkehrt, wenn ich es recht bedenke,
Daß ich Sie mit Gewalt von diesem Mann ablenke.

Warum bekämpf' ich auch, wozu das Herz Sie zwingt,
Da dieser Bund gewiß doch manchen Vortheil bringt?
Madam Tartüff, ho he, das ist nicht zu verachten,
Die Sach' ist nicht so schlecht, wenn wir es recht betrachten;
Denn Herr Tartüff, das ist ein Mann von viel Gewicht,
Und seine Frau zu sein, das ist so wenig nicht.
Man spricht ja überall von ihm mit Ehrfurcht nur,
Er ist ein Edelmann und stattlich von Statur;
Die Ohren sind hübsch roth, der Teint hat Farbenpracht,
Wie glücklich, wenn er Sie zu seinem Weibchen macht!

Mariane.

Mein Gott!

Dorine.

Wie muß Ihr Herz in heller Lust entbrennen,
Solch einen schönen Mann den Ihrigen zu nennen!

Mariane.

Hör' auf, ich bitte dich, mit deinen Stichelein,
Und sag': was soll ich thun, von ihm mich zu befrein?
Ich bin, denn dahin kam's, zu jedem Schritt bereit.

Dorine.

Es ist der Tochter Pflicht, daß sie Gehorsam leiht
Dem Vater, gäb' er ihr zum Mann auch einen Affen;
Drum freun Sie sich des Glücks, das er für Sie geschaffen.
Kutschiren seh' ich Sie schon durch die kleine Stadt,
Wo er in jedem Haus Cousin' und Vetter hat;
Wie angenehm wird da die Unterhaltung sein,
Er führet Sie dann gleich in die Gesellschaft ein,
Visiten machen Sie in Ihrem besten Staat
Der Amtmännin und auch den Frau'n vom weisen Rath;
Die bitten Sie gar sein, gefälligst sich zu setzen.
Kommt erst der Karneval, da gibt's ein groß Ergetzen,
Da gehn Sie auf den Ball, wo Dudelsäcke klingen,
In's Schauspielhaus und sehn die Marionetten springen,
Und wenn dann Ihr Gemahl —

Mariane.

Ach, laß die Stichelein,
Du quälst mich; rette mich vielmehr aus dieser Pein!

Dorine.

Ergebne Dienerin —

Mariane.

Ach, höre doch mein Flehn!

Dorine.

Nein, eine Strafe ist's, darum soll's just geschehn.

Mariane.

Mein liebes Mädchen!

Dorine.

Nein.

Mariane.

Laß dir mein Herz erschließen.

Dorine.

Tartüff wird jetzt Ihr Mann, ihn sollen Sie genießen.

Mariane.

Du weißt, daß offen stets ich dir und ungeziert —

Dorine.

Nein, nein, Sie werden jetzt durchaus tartüffsirt.

Mariane.

Nun, da zum Mitgefühl dich nichts vermag zu rühren,
So mag mein Unglück denn mich zur Verzweiflung führen;
Zur letzten Hülfe greif' ich für mein banges Herz,
Ein Mittel gibt's ja noch, das heilet jeden Schmerz.

Dorine.

Ach was, nur Muth gefaßt! Ich fühl's, mein Zorn entschwindet,
Und merke, daß mein Herz doch Mitleid noch empfindet.

Mariane.

Ja, siehst du, wenn man mich verdammt zu solcher Schmach,
Dann ist der heut'ge Tag mein letzter Lebenstag.

Dorine.

Nur nicht verzagt! Vielleicht, daß es der List gelingt.
Doch sieh, da kommt Valer, laß sehn, was der uns bringt.

Vierter Auftritt.

Valer. Mariane. Dorine.

Valer. [16]

Ei, schöne Neuigkeit, die man mir da gebracht!
Mein Fräulein, daran hätt' ich wahrlich nicht gedacht.

Mariane.

Wie?

Valer.

Daß der Herr Tartüff einst werd' Ihr Ehemann.

Mariane.

Ja, in der That, mein Herr, mein Vater denkt daran.

Valer.

Ihr Vater?

Mariane.

Ja, sein Plan ist anders jetzt mit mir;
Er theilte mir es mit, denn eben war er hier.

Valer.

Wie so, im Ernst?

Mariane.

Im Ernst, wenn ich ihn recht verstehe,
Denn sehr verständlich sprach er mir von dieser Ehe.

Valer.

Und was beschlossen Sie, wenn es erlaubt zu fragen?

Mariane.

Ich weiß nicht —

Valer.

Wie? das ist ja hübsch, daß Sie das sagen.
Sie wissen's nicht?

Mariane.

Nein.

Valer.

Nein?

Mariane.

Ihr Rath, was würd' er sein?

Valer.

Mein Rath, der wäre, nun, Sie gingen darauf ein.

Mariane.

Das riethen Sie?

Valer.

Nun ja.

Mariane.

Im Ernst?

Valer.

Ja, ohne Frage,
Der Antrag ist zu gut, als daß man nein drauf sage.

Mariane.

Nun wohl, mein Herr, ich geh' auf Ihre Meinung ein.

Valer.

Das wird, so scheint es mir, nicht schwierig für Sie sein.

Mariane.

Und dieser Rath, mein Herr, wird Ihnen auch nicht schwer?

Valer.

Nein, denn mir schien's, als ob er gern gesehen wär'.

Mariane.

Ich nehm' ihn an, mein Herr, weil's Ihnen so beliebt.

Dorine
(zieht sich in den Hintergrund zurück).

Neugierig bin ich doch, was sich daraus ergibt.

Valer.

So also liebte man! Welch schmerzlicher Betrug,
Als Sie —

Mariane.

Nichts mehr davon, mein Herr, es ist genug!
Sie riethen selber mir, ein Ja darauf zu sagen,
Sobald Sie nur gehört, wen man mir vorgeschlagen;
Drum sag' ich Ihnen jetzt: ich zögre länger nicht,
Zumal auch Ihrem Sinn die Heirat ganz entspricht.

Valer.

Sie sollten sich doch nicht auf meinen Rath beziehn,
Sie hatten diesen Plan ja längst schon ohne ihn!
Ein leerer Vorwand ist's, mit welchem Sie sich decken,
Und hinter welchem Sie den Treubruch gern verstecken.

Mariane.

Sehr schön gesagt --

Valer.

Und jetzt, mein Fräulein, ist mir's klar:
Sie haben nie geliebt von Herzen rein und wahr.

Mariane.

Ach glauben Sie doch gern, mein Herr, daß es so sei.

Valer.

Nun gut, das will ich thun, doch ist ein Trost dabei;
Vielleicht kommt Ihrem Plan der meine noch zuvor,
Und find' ich anderswo ein mehr geneigtes Ohr.

Mariane.

Dran zweifl' ich nicht, mein Herr, die Liebenswürdigkeit,
Die Sie besitzen —

Valer.

Ach, die lassen Sie bei Seit';
Daß sie so groß nicht ist, das haben Sie gezeigt.
Doch hoffen darf ich noch, daß anderswo vielleicht
Ein Ort der Zuflucht mir für meine Sehnsucht winkt,
Und was ich hier verlor, mir reichlich wiederbringt.

Mariane.

Ach der Verlust, mein Herr, er kann so groß nicht sein,
Sie holen ihn gewiß mit leichter Mühe ein.

Valer.

Drum sorg' ich auch dafür, daß es recht bald geschieht;
Die Ehre will's, wenn man sich so verlassen sieht.
Man muß, so viel man kann, es zu vergessen streben,
Und wenn's auch nicht gelingt, sich doch den Anschein geben;
Denn Feigheit ist es, daß man da noch Liebe zeigt,
Wo die Geliebte schon sich einem Andren neigt.

Mariane.

Was Sie da sagen, zeigt viel Seelenhoheit an.

Valer.

Gewiß, ich glaube fast, es billigt's Jedermann.
Wie denn? verlangen Sie, daß ich noch viele Jahre
In meiner Brust für Sie der Liebe Gluth bewahre?
Ich soll, wenn Sie sich schon an einen Andern gaben,
Verschenken nicht mein Herz, das Sie verstoßen haben?

Mariane.

Im Gegentheil, mein Herr, ich würd' es gerne sehn;
Es wäre mir ganz recht, wär' es schon längst geschehn.

Valer.

Das wünschten Sie?

Mariane.

Gewiß!

Valer.

Der Schande Maß ist voll!
Ich eil' und thue das, was Sie befried'gen soll.

(Er thut einen Schritt zum Fortgehen.)

Mariane.

Sehr wohl!

Valer
(zurückkommend).

Doch haben Sie, mein Fräulein, wohl in Acht:
Sie selber sind's, die mich zum Aeußersten gebracht.

Mariane.

Gewiß.

Valer
(noch näher kommend).

Und daß ich nur zu dem Entschlusse kam,
Indem Ihr Beispiel ich zu meinem Vorbild nahm.

Mariane.

Sei's drum!

Valer
(fortgehend).

Wohlan, ich geh'! Ich bin sogleich bereit.

Mariane.

Sehr schön.

Valer
(noch einmal wiederkommend).

Sie wissen doch, daß es auf Lebenszeit —

Mariane.

Ganz recht.

Valer
(geht und kehrt nahe an der Thür noch einmal wieder um).

He!

Mariane.

Wie?

Valer.

Mir ist, als sagten Sie ein Wort.

Mariane.

Sie träumten wohl, mein Herr.

Valer.

Nun gut, ich gehe fort.
(Er geht langsam fort.)

Adieu

Mariane.

Adieu, mein Herr.

Dorine
(zu Mariane).

Es kommt mir fast so vor,
Als ob man beiderseits hier den Verstand verlor.
Nur um zu sehn, wie weit Sie diese Tollheit trieben,
Bin ich ganz ruhig hier auf meinem Platz geblieben.
He, Herr Valer!
(Sie faßt Valer beim Arm.)

Valer
(geberdet sich, als wolle er es nicht leiden).

Was gibt's, was willst du denn von mir?
Ich sage, laß mich los.

Dorine.

Mein Herr, Sie bleiben hier.

Valer.

Nein, nein! Ich bin erzürnt! Sie will's, drum sag' ich: laß!

Dorine.

Halt, sag' ich, halt!

Valer.

Nein, nein; ganz fest beschloß ich das.

Dorine.

Ach!

Mariane
(für sich).

Meine Gegenwart, so scheint es, treibt ihn fort;
Drum wird es besser sein, ich lasse diesen Ort.

Dorine.

He da, wohin so schnell?

Mariane.

Laß!

Dorine.

Nein, Sie müssen bleiben.

Mariane.

Du suchest ganz umsonst mein Gehn zu hintertreiben.

Valer
(bei Seite).

Mein Anblick, wie ich seh, macht ihr nur Qual und Pein,
Drum ist das Beste wohl, Sie davon zu befrein.

Dorine
(läßt Mariane los und eilt auf Valer zu).

Potz Wetter, nein! Jetzt geht die Sache doch zu weit!

5*

(zu Valer)   (zu Mariane)
Sie stellen sich hierher, — und Sie an seine Seit'.

Valer
(zu Dorine).

Was hast du denn im Sinn?

Mariane
(zu Dorine).

Was willst du mit uns thun?

Dorine.

Versöhnen will ich Sie, die Sache soll jetzt ruhn.

(Zu Valer)
Sind Sie denn nicht ein Thor, sich so herum zu streiten?

Valer.

Hast du denn nicht gehört, mit welchen Artigkeiten —

Dorine
(zu Mariane).

Mein Fräulein, ist's nicht toll, daß Sie sich so gebahren?

Mariane.

Und hast du nicht gesehn, wie er mit mir verfahren?

Dorine.

Ach, Narrheit beiderseits!

(Zu Valer)
Ihr Streben geht allein
Dahin, ich schwör's, recht bald die Ihrige zu sein.
(Zu Mariane)
Er liebt nur Sie und wünscht mit heißer Sehnsuchtspein,
Mein Wort geb' ich darauf, Ihr Ehemann zu sein.

Mariane
(zu Valer).

Wie konnten Sie, mein Herr, mir das zur Antwort sagen?

Valer.

Wie, Fräulein, konnten Sie in solchem Punkt mich fragen?

Dorine.

Sie sind ja beide toll! Hier, jeder seine Hand!

(zu Baler)

Hierher.

Baler

(der Dorinen seine Hand reicht).

Wozu die Hand?

Dorine

(zu Mariane).

Hier, Kopf nicht abgewandt.

Mariane

(die Dorinen ihre Hand reicht).

Was, Mädchen, soll's?

Dorine.

Nur gleich einander angesehn!

Die Lieb' ist größer ja, als Sie sich selbst gestehn.

(Baler und Mariane stehen einige Zeit Hand in Hand da, ohne einander anzusehn.)

Baler

(zu Mariane gewendet).

Wer sich versöhnen will, der brummt dabei doch nicht,

Und blickt doch ohne Groll den Leuten in's Gesicht.

(Mariane wendet sich lächelnd zu Baler.)

Dorine.

Verliebte sind verrückt, auch hierbei kann man's sagen.

Baler

(zu Mariane).

Ich denk', es fehlte nicht an Grund, mich zu beklagen;

Denn sagen selber Sie: war Bosheit nicht von Ihnen

Das harte Wort, bei dem Sie noch so heiter schienen?

Mariane.

Nein, sagen Sie mir: war's von Ihnen Dankbarkeit —?

Dorine.

Verschieben wir den Zank doch auf gelegne Zeit,

Und sinnen wir, wie man die Heirat hintertreibt.

Mariane.

So sage, wo und wie uns noch ein Mittel bleibt!

Dorine.
(Zu Mariane)

Nur nicht verzagt! denn viel vermögen List und Kunst,
Ihr Vater ist nicht klug, und was er will, nur Dunst.
Doch scheint es rathsam jetzt, den Entzweck zu erreichen,
Daß Sie demüth'gen Sinn's scheinbar der Drohung weichen;
Dann ist der beste Weg, dem Unheil zu entfliehn,
Wenn Sie die Sache schlau recht in die Länge ziehn:
Denn viel gewinnt man schon, wenn man nur Zeit gewinnt.
Bald fühlen plötzlich Sie, daß Sie sehr unwohl sind,
Und dieses ist ein Punkt, der Aufschub nöthig macht;
Bald hat ein böser Traum viel Sorg' und Angst gebracht,
Ein Todter, den Sie sahn, ein Spiegel, der zerbrach,
Ein trübes Wasser, das zu Ihren Füßen lag;
Das Beste aber bleibt: wenn Sie den Mann nicht wollen,
Kann Niemand zwingen Sie, daß Sie ihn nehmen sollen.
Nur jetzo darf man Sie hier nicht beisammen sehn,
Drum bitt' ich Sie, mein Herr, gefälligst fortzugehn,
Und suchen Sie für sich die Freunde zu gewinnen,
Damit sie, wo es geht, für Sie auf Hülfe sinnen.
Wir bitten Herrn Cleant, sein Ansehn uns zu leihn,
Behülflich kann uns auch Madam Elmire sein.
Adieu.

Valer
(zu Mariane).

Mein Fräulein, was wir immer dabei thun,
Mein Hoffen wird doch stets auf Ihrer Liebe ruhn.

Mariane.

Nicht weiß ich, ob's gelingt, der Sache Herr zu sein,
Jedoch mein Herz gehört nur Ihnen ganz allein.

Valer.

O, Sie entzücken mich! Man thue, was man will —

Dorine.

Verliebten Leuten steht der Mund doch niemals still!
Fort, sag' ich, fort!

Vater.

Jedoch —

Dorine.

O die Geschwätzigkeit!
Sie dahin, marsch! — und Sie, mein Herr, nach dieser Seit'.

(Dorine schiebt sie nach verschiedenen Seiten hin und trennt sie mit Gewalt.)

Dritter Aufzug.

Erster Auftritt.

Damis. Dorine.

Damis.

So schlage mir nur gleich ein Blitzstrahl auf den Kopf,
Und Jeder nenne mich den allergrößten Tropf,
Wenn irgend einer Macht es jetzt noch wird gelingen,
Von dem, was ich erdacht, mich wieder abzubringen.

Dorine.

Ich bitte Sie, den Zorn nicht allzuweit zu treiben;
Mit Ihrem Vater scheint's beim Reden noch zu bleiben.
Man thut nicht Alles gleich, was man beschlossen hat,
Oft ist's ein weiter Weg vom Wollen bis zur That.

Damis.

Ich käme dem Komplott des Schurken gern zuvor
Und flüsterte ihm gern zwei Wörtlein in das Ohr.

Dorine.

Nur sacht! Es kennt Madam am besten ihren Mann,
Drum lassen Sie uns sehn, ob sie nicht helfen kann.
Ihr Einfluß auf Tartüff scheint mir sehr groß zu sein,[17]
Er pflegt dem, was sie sagt, ein will'ges Ohr zu leihn —

Ich glaub', es quälet ihn geheime Liebesgluth;
O wär' es so, gewiß, es wär' für uns nur gut!
Drum ist es nichtig auch, daß sie ihn sprech' und sehe
Und forsche, was er denkt von der bewußten Ehe.
Belehren muß sie ihn, den gottergebnen Mann,
Wohin ein solcher Plan gar leicht ihn führen kann,
Wenn er noch immer meint, er müsse drauf bestehn.
Ich glaub', er betet jetzt, selbst hab' ich's nicht gesehn,
Doch sagt sein Diener mir, es daure nicht mehr lange;
Drum bitt' ich, gehen Sie, daß ich ihn hier empfange.

Damis.

Darf ich bei dem Gespräch denn nicht zugegen sein?

Dorine.

Nein, nein; weit besser ist's, wenn beide sie allein.

Damis.

Ich will nichts sagen.

Dorine.

      Nein, Sie dürfen hier nicht bleiben;
Es würd' Ihr Ungestüm die Sache hintertreiben.
Hinaus!

Damis.

Ganz ruhig will ich sein, Sie sollen sehn.

Dorine.

Mein Gott, Sie quälen mich! Er kommt, Sie müssen gehn.

(Damis verbirgt sich im Hintergrund in einem Kabinet.)

Zweiter Auftritt.

Dorine. Tartüff. [14])

(Tartüff spricht, sobald er Dorine bemerkt, laut mit seinem Diener, der hinter der Scene ist.)

Tartüff.

Das Bußkleid und den Strick, mein Lorenz, schließe ein,
Und flehe heiß zu Gott um seiner Gnade Schein.
Wenn man mich ruft, sag' nur, ich wäre ausgegangen
Und brächt' Almosen dar den Armen, die gefangen.

Dorine
(bei Seite).

O, welche Prahlerei, welch gleißender Betrug!

Tartüff.

Was will Sie denn?

Dorine.
Ich will —

Tartüff
(zieht ein Taschentuch hervor).

O nehme Sie das Tuch,
Beim heil'gen Gott, bevor Sie weiter spricht ein Wort —

Dorine.

Weshalb?

Tartüff.

Bedecke Sie den Busen sich sofort!
Ein solcher Anblick bringt die Seele in Gefahr
Und weckt Gedanken leicht, die sträflich ganz und gar!

Dorine.

Es scheint mir, daß Ihr Blut gar leichtlich sich erhitzt,
Und über Sie der Reiz gewalt'ge Macht besitzt.
Ich weiß nicht, wie die Gluth Sie nur so rasch beschleicht,
Mich wenigstens erregt Ihr Anblick nicht so leicht;

Denn wahrlich, säh' ich Sie von Kopf zu Fuße bloß
In Ihrer Huldgestalt, das Unglück wär' nicht groß.

Tartüff.

Ich bitte sehr, Mamsell, anständiger zu sein
In dem Gespräch mit mir; sonst laff' ich Sie allein.

Dorine.

Nein, bleiben Sie getrost; ich laff' Sie gern in Ruh,
Und füge nur für Sie zwei Wörtchen noch hinzu:
Madam Elmire kommt sogleich an diesen Ort
Und bittet Sie durch mich um ein gefällig Wort.

Tartüff.

Ach Gott, sehr gern!

Dorine
(bei Seite).

Wie zahm dies eine Wort ihn macht!
Ich wett', die Sach' ist so, wie ich mir längst gedacht.

Tartüff.

Und kommt sie bald?

Dorine.

Mich deucht, sie tritt da eben ein;
Da ist sie schon. — Nun wohl, ich lasse Sie allein.

Dritter Auftritt.

Tartüff. Elmire.

Tartüff.

Des Leibes frische Kraft, der Seele ew'ges Heil
Werd' Ihnen durch die Huld des Himmels stets zu Theil!
O möcht' er gnädig nur, das ist mein heißes Flehn,
Wie schwach es immer sei, auf Sie hernieder sehn!

Elmire.

Ihr frommer Wunsch, mein Herr, ist mir sehr angenehm,
Doch setzen wir uns jetzt und machen's uns bequem.

Tartüff
(sich setzend).

Darf ich denn hoffen wohl, daß Ihnen besser sei?

Elmire
(sitzend).

Gottlob, ich fühle mich vom Fieber gänzlich frei.

Tartüff.

Ach wohl, das heiße Flehn, das ich zum Herrn gesandt,[19]
Es hat die Gnade nicht auf Sie herabgewandt;
Doch ist sein Inhalt stets der inn'ge Wunsch gewesen,
Sie möchten nur recht bald von Ihrem Leid genesen.

Elmire.

Ihr Eifer für mein Wohl, mein Herr, geht fast zu weit.

Tartüff.

O nein, Ihr Wohl ist mir von größter Wichtigkeit.
Wie gerne gäb' ich doch dafür das meine hin!

Elmire.

Sie fassen streng und weit den christlich milden Sinn;
Ich muß für alles das von Herzen dankbar sein.

Tartüff.

Denk' ich an Ihren Werth, ist, was ich thu', mir klein.

Elmire.

Ich spräche im Vertrau'n mit Ihnen gern ein Wort,
Und freu' mich drum, daß wir allein hier an dem Ort.

Tartüff.

Auch mich entzückt es ganz, Madam, — ich muß gestehen —
Allein mit Ihnen mich in trauter Näh zu sehen.

Wie oft fleht' ich zu Gott um diese Seligkeit,
Auf die ich lang geharrt, die er mir jetzt verleiht.

Elmire.

Ich wünschte das Gespräch, damit Sie ganz mir zeigen
Ihr innerstes Gemüth und nichts dabei verschweigen.

Tartüff.

Auch ich, Madam, ich kann kein größres Glück erflehn,
Als daß Sie bis zum Grund in meine Seele sehn.
Der Tadel, den ich oft darüber vorgebracht,
Daß man bei Ihnen gar so viel Besuche macht,
Ich schwör's, es war nicht Haß, der ihm zu Grunde lag:
Zu warmer Eifer war's, der aus dem Tadel sprach,
Die reine Regung nur —

Elmire.

        So hab' ich's auch verstanden,
Es war mein Seelenheil, um das Sie Sorg' empfanden.

Tartüff
(nimmt Elmirens Hand und drückt sie feurig).

Gewiß, Madam, gewiß; mein Eifer ist so groß —

Elmire.

Sie drücken mich zu sehr!

Tartüff.

        Aus purem Eifer blos.
Daß ich nicht weh thun will, ist Ihnen ja bekannt,
Vielmehr das Gegentheil —

(Er legt die Hand auf Elmirens Knie.)

Elmire.

        Was will da Ihre Hand?

Tartüff.

Ihr Kleid befühl' ich, — ei, wie weich ist's anzufassen!

Elmire.

Ich bin sehr kitzlich, Herr, und bitte, das zu lassen.

(Sie schiebt ihren Sessel zurück und Tartüff rückt ihr nach.)

Tartüff

(indem er ihr Halstuch berührt).

Mein Gott, dies Busentuch, wie wundervoll und fein! [20)
Man hat es weit gebracht in solchen Stickerein.
Wie ist in Allem doch die Kunst jetzt vorgeschritten!

Elmire.

Gewiß. Doch nun, mein Herr, zur Sache, möcht' ich bitten.
Ich hörte, daß mein Mann mit Herrn Valer gebrochen,
Und daß er Ihnen schon Marianen hat versprochen.
Was ist daran?

Tartüff.

Er sprach davon, ich muß gestehn;
Das aber ist es nicht, wohin die Wünsche gehn.
Ich seh' ganz anderswo der Schönheit Reize strahlen,
Die meiner Phantasie das Glück der Seel'gen malen.

Elmire.

Für Sie muß machtlos ja der Reiz der Schönheit sein.

Tartüff.

Das Herz in meiner Brust, Madam, ist nicht von Stein!

Elmire.

Sie hätten, meint' ich doch, auf's Ewige gerichtet,
Schon längst auf Alles, was die Erde beut, verzichtet.

Tartüff.

Die Liebe, die hinauf zur ew'gen Schönheit führt,
Verhindert nicht, daß uns die irdische berührt;
Und leicht ist unser Herz für ein Geschöpf entbrannt,
Das so vollkommen schuf des Himmels hohe Hand.
Zwar strahlt sein Abglanz auch in anderen Gestalten,
Jedoch in Ihnen wollt' er jeden Reiz entfalten,

Und seine Wunder all hat er an Sie verschwendet;
Gerührt ist jedes Herz, und jedes Aug' geblendet!
Vollkommnes Wesen, wie vermöcht' ich Sie zu sehn,
Und sollte vor der Macht des Schöpfers nicht vergehn?
Das holde Angesicht, die blühende Gestalt
Sind mir des Himmels Bild, und dabei blieb ich kalt?
Zuerst meint' ich voll Angst, in diesem Glühn und Brennen
Des bösen Geistes List und Fallstrick zu erkennen;
Mir schien's ein Hinderniß zu meinem Seelenheile,
Und ich beschloß zu fliehn in allerhöchster Eile.
Doch bald hab' ich erkannt, o Schönheit voller Huld,
Daß solche Leidenschaft ganz ohne Fehl und Schuld,
Daß sie sich wohl verträgt mit züchtig frommem Sinn;
Darum auch geb' ich mich ihr ohne Rückhalt hin.
Zwar Kühnheit ist's von mir, die kaum noch zu entschuld'gen,
Daß ich, Madam, es bin, der Ihnen wagt zu huld'gen;
Und wenn Sie milden Sinns es dennoch mir verzeihn,
So kann's ein Uebermaß nur Ihrer Güte sein.
Auf Ihnen ruht mein Glück, der Hoffnung letzter Strahl,
Sie bringen Seligkeit, doch auch der Hölle Qual;
Mit einem Wort: Ihr Spruch macht mir es offenbar,
Ob ich unglücklich bin, ob glücklich immerdar.

Elmire.

Was Sie mir da gesagt, mein Herr, klang sehr galant,
Doch glauben Sie mir auch, daß ich's befremdlich fand;
Sie müßten besser doch, scheint mir, Ihr Herz bewahren
Und viel besonnener in diesem Punkt verfahren.
Ein Mann, den überall man einen Frommen nennt —

Tartüff.

Zwar fromm, doch nur ein Mensch, was offen er bekennt;
Denn, wenn das Auge sieht, welch hoher Reiz Sie schmückt,
Dann hört das Denken auf, dann ist das Herz entzückt.
Ich weiß, was gegen mich bei solcher Aeuß'rung spricht,
Jedoch ich bin ein Mensch und ach, ein Engel nicht!

Verdammen Sie's, Madam, daß man so reden kann,
So klagen Sie drum nur die eig'ne Schönheit an;
Denn kaum berührte sie mir den entzückten Sinn,
Da waren Sie sogleich des Herzens Königin.
Zwar rafft' ich mich empor zu kräft'gem Widerstand,
Doch ach, ich wurde bald durch Ihren Reiz gebannt.
Was half mir das Gebet, das Fasten und die Thränen?
Nach Ihrer Schönheit ging stets meines Herzens Sehnen.
Was tausendmal mein Blick, mein Seufzer schon gesagt,
Verkündet jetzt ein Wort, das meine Kühnheit wagt.
Ach, könnten Sie, Madam, nur ein'ges Mitleid fühlen
Mit jenen Qualen, die mein krankes Herz durchwühlen,
Ach, wollten Sie herab zu Ihrem Knecht sich neigen
Und seiner Nichtigkeit sich gnädig, huldvoll zeigen,
Dann weiht' ich Ihnen stets, o Wesen wunderreich,
Der Seele Huldigung, der keine andre gleich;
Ich würde Ihren Ruf vor jedem Fleck bewahren;
Von meiner Seite drohn der Ehre nie Gefahren.
Die feinen Herrn, die Frau'n so leicht in's Auge stechen,
Sind laut in ihrem Thun und rücksichtslos im Sprechen,
Verrathen jede Gunst, bevor sie sie errungen,
Und prahlen mit dem Sieg, bevor er noch gelungen;
Ihr Mund, der nichts verschweigt, mißachtend das Vertraun,
Entwürdigt den Altar, den sie der Liebe baun.
Doch Leute meiner Art glühn in verborgner Gluth
Und plaudern nie von dem, was man im Stillen thut;
Die Sorge, welche wir dem eignen Rufe weihn,
Sie steht für Schaden auch bei der Geliebten ein, —
Bei uns wird nie, sobald man unser Flehn erhört,
Die Liebe durch Skandal, das Glück durch Angst gestört.

Elmire.

Ich hörte zu, mein Herr, und Ihr beredter Mund
Gab ihre Leidenschaft in starken Worten kund;
Doch fürchten Sie denn nicht, ich sagte zornerfüllt
Gleich Alles meinem Mann, was Sie mir da enthüllt?

Es würde, wenn er so von Ihrer Liebe hört,
Die Freundschaft, die er für Sie heget, sehr gestört?

Tartüff.

O nein, Sie sind zu gut, um nur daran zu denken,
Und werden Nachsicht mir für meine Kühnheit schenken.
Entschuld'gen Sie die Gluth, die Sie vielleicht verletzt,
Mit jener Schwäche, der die Menschheit ausgesetzt,
Bedenkend, wenn mein Aug' auf Ihren Reizen ruht,
Daß ich nicht blind bin, nein, ein Mensch von Fleisch und Blut.

Elmire.

Gewiß, es würde sich manch Andre anders zeigen;
Ich aber will'ge ein, für dieses Mal zu schweigen,
Mein Mann erfährt kein Wort von dem, was vorgegangen.
Doch muß zum Lohn dafür, mein Herr, ich eins verlangen:
Daß ohne Rückhalt Sie mir Ihren Beistand gönnen,
Damit die Liebenden sich bald vermählen können,
Daß Sie bei meinem Mann auf Einfluß ganz verzichten
Und fürder nicht den Blick auf's Gut der Andern richten.

Vierter Auftritt.[21]

Damis (kommt aus dem Kabinet, wo er verborgen gewesen war).

Elmire. Tartüff.

Damis.

Nein, nein, Frau Mutter! Nein, dies wisse Jedermann!
Ich war verborgen dort und hörte Alles an.
Das Schicksal fügt' es so, daß ich hier hab' erspäht
Den feigen Schurken, der uns allesammt verräth,

Und daß ein Mittel mir gegeben in die Hand,
Zur Strafe dessen, den als Heuchler ich erkannt.
Dem Vater zeig' ich jetzt den Schuft im vollen Licht
Ihn, der zu seiner Frau so frech von Liebe spricht.

Elmire.

Nein, Damis, es genügt, daß er sich jetzt besinne
Und auf Verzeihung so bei uns ein Recht gewinne;
Denn ich versprach es ihm, drum sei'n Sie nicht dagegen.
Auch möcht' ich Aufsehn nicht um diese Sach' erregen;
Denn klug ist's, daß die Frau den Unsinn lächelnd hört
Und ihres Mannes Ruh durch keinen Argwohn stört.

Damis.

Sie haben Ihren Grund, die Sache so zu sehn,
Und ich den meinigen, sie anders zu verstehn.
Ihm zu verzeihn, bei Gott, das wär' ein wahrer Hohn!
Des Frechen Heuchelei quält uns zu lange schon.
Sie hat nur allzuoft mir böses Blut gemacht;
Wie vielen Streit und Zank hat er in's Haus gebracht!
Der feige Schurke, der den Vater hintergeht
Und mir und dem Vater bei ihm im Wege steht!
Jetzt werde sein Betrug ihm endlich offenbar:
Der Himmel bietet selbst dazu das Mittel dar.
Wie glücklich, daß ich hier als Zeuge mußte stehen!
Nein, die Gelegenheit laß ich mir nicht entgehen.
Nutzt' ich nicht jetzt, was mir der Himmel hat bescheert,
Ich wäre seines Zorns und aller Schande werth.

Elmire.

Damis —

Damis.

      O nein, ich bin mir meiner klar bewußt;
Weiß, was ich will, und fühl' darüber hohe Lust.
Vergebens suchen Sie, mich davon abzubringen,
Der Rache Süßigkeit laß ich mir nicht entringen.

Nichts brauch' ich weiter mehr, und Alles ist bereit,
Und sieh, es zeigt sich da schon die Gelegenheit!

Fünfter Auftritt.

Orgon. Damis. Elmire. Tartüff.

Damis.

Wir laden, Vater, Sie auf eine Nachricht ein,
Die nagelneu, und groß wird Ihr Erstaunen sein.
Sie wurden schön bezahlt für Ihre Zärtlichkeit
Durch jenen Herrn Tartüff, dem Sie Ihr Herz geweiht!
Daß er Sie herzlich liebt, wir müssen's jetzt schon glauben,
Er will ja andres nichts, als Ihre Ehre rauben.
Ich traf ihn grade jetzt, wo auf den Knien er lag
Und schamlos zu Madam von seiner Liebe sprach.
Da ihr ein zarter Sinn und große Sanftmuth eigen,
So wollte sie durchaus den Frevel noch verschweigen;
Doch ich will keineswegs des Menschen Frechheit fröhnen,
Denn schweigen hieße nur, mein Vater, Sie verhöhnen!

Elmire.

Ja, eine Frau thut wohl, nicht auf Geschwätz zu hören,
Und Ihres Mannes Ruh nicht ohne Noth zu stören.
Dergleichen kann durchaus die Ehre nicht verletzen,
Wenn sie es nur versteht, zur Wehre sich zu setzen.
                    (Auf Damis zeigend)
So dacht' ich, als ich ihn, es zu verschweigen, bat;
Sie hörten nichts, wenn er nach meinem Wunsche that.

Sechster Auftritt.

Orgon. Damis. Tartüff.

Orgon.

Dem soll ich Glauben leihn, o Gott, was man hier spricht?

Tartüff.

Mein Bruder, ja, ich bin ein großer Bösewicht.
Ich bin in Frevelmuth und Schlechtigkeit verloren,
Der größte Sünder, der auf Erden je geboren;
Mit Schimpf und Schmach ist ganz mein Lebenspfad bedeckt,
Und kein Moment darin, der rein und unbefleckt,
Beschuld'ge man mich nur der scheußlichsten Verbrechen,
Ich werde nimmermehr aus Hochmuth widersprechen.
Erzürnen Sie sich nur und glauben jedes Wort,
Was er da von mir sagt, und jagen Sie mich fort.
Bedeckt man mich mit Schimpf und Schmach auch noch so sehr,
Ich weiß und muß gestehn, verdient hab' ich noch mehr!

Orgon
(zu seinem Sohn).

Wie, Schurke! kannst du noch voll falschen Sinns es wagen, [22]
Den Mann hier, der so rein und lauter, anzuklagen?

Damis.

Mein Gott! die Sanftmuth, die er lügt, ist schon im Stande,
Sie zu verblenden?

Orgon.

Schweig! Du bist des Vaters Schande!

Tartüff.

O lassen Sie ihn doch, was er auch immer sagt,
Und glauben Sie es nur, warum er mich verklagt!
Weshalb ist gegen mich so nachsichtsvoll Ihr Sinn?
Sie wissen gar noch nicht, wozu ich fähig bin.
Wer wollte denn so blind vertraun dem äußern Schein,
Muß ich darum schon gut, weil Sie es glauben, sein?

Ach nein! Sie lassen sich zu sehr durch Täuschung lenken,
Ich bin durchaus nicht das, was manche von mir denken.
Ich steh' als ehrenwerth vor vieler Menschen Auge,
Doch ist es nur zu wahr, o Gott, daß ich nichts tauge.

(Sich zu Damis wendend)

Ja, sprechen Sie es aus, mein Sohn, ganz unverhohlen!
Daß ich ein Mörder bin, ein Schurke, der gestohlen;
Ja, hängen Sie mir nur die schlimmsten Titel an,
Ich habe sie verdient und ändre nichts daran.
Ja, hier auf meinen Knie'n empfang' ich gern die Schmach,
Die mir zur Sühnung dient für das, was ich verbrach.

(Er kniet.)

Orgon

(zu Tartüff).   (zu seinem Sohn).

Das, Bruder, ist zu viel!—Bleibst du doch ungerührt?
Elender!

Damis.

Wie! Sein Spiel hat Sie so leicht verführt?

Orgon
(den Tartüff aufrichtend).

Schweig, Schlingel! Stehn Sie auf, mein Bruder, ach, ich bitte.

(Zu Damis)

Du Schuft!

Damis.

Er kann —

Orgon.

Schweig still!

Damis.

Daß ich's noch länger litte?

Orgon.

Und sprichst du noch ein Wort, schlag' ich das Hirn dir ein.

Tartüff.

Mein Bruder! Großer Gott, wer wird so zornig sein!
Viel besser ist's, daß ich die größte Qual erdulde,
Als daß an Ihrem Sohn ich irgend was verschulde.

Orgon
(zu seinem Sohn).

Du Undankbarer!

Tartüff.

Ach, erhören Sie mein Flehn!

Auf meinen Knien —

(Er kniet nieder)

Orgon
(wirft sich gleichfalls auf die Knie und umarmt Tartüff).

Mein Gott! Was, Bruder, muß ich sehn!

(Zu seinem Sohn)

Sieh, Schurke, welch ein Herz! —

Damis.

Was?

Orgon.

Still!

Damis.

Wie?

Orgon.

Halt den Mund!

Ich kenne euren Haß und kenn' auch seinen Grund.
Verschworen seid ihr all': Weib, Kinder, Magd und Knecht;
Wie schlimm die Mittel sei'n, sie sind euch alle recht;
Man greift zu jeglichem, denn man säh's gar zu gerne,
Daß ich den frommen Mann aus meinem Haus entferne.
Je mehr ihr aber sinnt, wie ihr ihn mir vertreibt,
Je mehr sorg' ich dafür, daß er hier ruhig bleibt;
Ich will den Hochmuth euch vertreiben aus dem Grunde,
Und meiner Tochter Hand — ich geb' sie ihm zur Stunde.

Damis.

Zur Ehe, die sie haßt, will man die Schwester zwingen?

Orgon.

Ja, Schuft, und heute noch, um euch in Wuth zu bringen.
Gehorchen sollt ihr mir, ich fordr' euch all' heraus,
Und zeigen wird sich's jetzt, ob ich noch Herr im Haus.

—

Drum, Bursche, gleich heran, dein Unrecht abzubüßen;
Bitt' um Verzeihung jetzt und wirf dich ihm zu Füßen.

Damis.

Wer? Ich? Dem Schurken, der durch seine Heuchelei …

Orgon.

Du widersetzest dich und schimpfst noch gar dabei?
Wo ist mein Stock! mein Stock!
(Zu Tartüff, der ihm in den Arm fällt)
Ach, halten Sie mich nicht!
(Zu seinem Sohn)
Fort! Aus dem Haus mir! Auf der Stelle fort, du Wicht!
Und daß du nimmermehr dich zeigst an dieser Schwelle.

Damis.

Wohlan, ich gehe; doch —

Orgon.

Fort! Pack' dich auf der Stelle!
Du schlechter Mensch, du bist enterbt! und nicht genug,
Ich geb' dir auf den Weg auch meinen Vaterfluch!

Siebenter Auftritt.

Orgon. Tartüff.

Orgon.

Beleid'gen einen Mann von solcher Frömmigkeit!

Tartüff.

Verzeih' der Himmel ihm, wie ihm mein Herz verzeiht! [25]
(Zu Orgon)
O wüßten Sie die Qual, die mir's schon oft gebracht,
Daß meinem Bruder man mich so verdächtig macht.

Orgon.

Ach!

Tartüff.

Ist's natürlich nicht, daß tief mein Herz sich kränkt,
Wenn es des Undanks, den's erleiden muß, gedenkt?
Mein Kummer ist so groß — er greift die Brust mir an,
Der Athem geht mir aus; ich glaub', ich sterbe dran.

Orgon
(läuft weinend zur Thür, aus der er seinen Sohn gejagt hat).

Der Schuft! Mich reut es nur, daß ich mich noch bedacht,
Daß ich ihn auf dem Platz nicht selber umgebracht.
(Zu Tartüff)

Beruh'gen Sie sich nur und sein Sie mir nicht böse,
Mein Bruder!

Tartüff.

Es thut noth, daß ich den Knoten löse.
Ich sehe, welchen Sturm ich bracht' in dieses Haus,
Drum, Bruder, besser ist's, ich gehe ganz hinaus.

Orgon.

Das kann Ihr Ernst nicht sein.

Tartüff.

Ich weiß, wie man mich haßt
Und hofft, daß bald auch Sie von dem Verdacht erfaßt —

Orgon.

Was thut's? Bemerkten Sie, daß ich drauf Acht gegeben?

Tartüff.

Doch man wird weiter gehn. Da könnt' ich's wohl erleben,
Daß, was Sie, Bruder, heut als Lästerung empört,
Ein andermal Ihr Ohr mit beßrem Glauben hört.

Orgon.

Niemals, mein Bruder, nie!

Tartüff.

Mein Bruder! ach, die Frauen,
Die überliſten leicht das männliche Vertrauen!

Orgon.

Nein, nein!

Tartüff.

O laſſen Sie! Indem von hier ich ſcheide,
Entfern' ich jeden Grund zum Haſſe und zum Neide.

Orgon.

Nein, nein Sie bleiben hier! Es hängt daran mein Leben!

Tartüff.

Mein Gott, ſo muß ich doch mich in die Qual ergeben?
Doch, wenn Sie wollten —

Orgon.

Ach!

Tartüff.

Nun gut, ich will nichts ſagen.
Ich weiß ja, wie ich hier mich habe zu betragen!
Der Ehrenpunkt iſt zart, und ſchon der Freundſchaft wegen
Tret' ich der Läſterung und dem Skandal entgegen.
Ich werd' Elmiren fliehn, vermeiden jede Spur . . .

Orgon.

Nein, aller Welt zum Trotz, beſuchen Sie ſie nur!
Mir iſt's gerade recht, wenn die vor Wuth vergehn,
Drum ſoll man Sie recht oft mit ihr zuſammen ſehn.
Doch das genügt mir nicht; man ſoll noch ärger ſchrein,
Und deshalb ſetz' ich Sie zum einz'gen Erben ein.
Gleich geh' ich zum Notar, der bring' es zu Papiere,
Daß ich mein Gut hiermit in beſter Form cedire.
Ein braver Freund, dem ich beſtimmt der Tochter Hand,

Ist mehr als Sohn und Frau und was mir sonst verwandt.
Sie acceptiren doch die Gabe, die ich bringe?

Tartüff.
Das, was der Himmel will, gescheh' in jedem Dinge!

Orgon.
Der gute Mann! Jetzt gleich nur hin mit jener Schrift,
Und bersten soll der Neid an dieses Aergers Gift!

Vierter Aufzug.

Erster Auftritt.

Cleant. Tartüff.

Cleant.

Ja, glauben Sie mir nur; da jeder davon spricht,
So dient zu Ihrem Ruhm die Sache wahrlich nicht.
Es trifft sich gut, daß ich Sie find' an diesem Ort,
Denn gern spräch' ich davon mit Ihnen noch ein Wort.
Ich untersuche nicht, ob wahr, was ich vernommen,
Und gebe gerne zu, daß Unrecht vorgekommen,
Daß Damis gegen Sie nicht artig sich betragen,
Und daß man Unrecht hat, Sie deshalb anzuklagen;
Doch ist's nicht Christenpflicht, Beleid'gung zu verzeihn?
Darf man denn je sein Ohr der blinden Rachsucht leihn?
Wie! dulden können Sie, daß, weil ein Streit entstand,
Man aus des Vaters Haus den eignen Sohn verbannt?
Ich wiederhol' es hier, daß Alle, die es hören,
In ihres Herzens Grund darüber sich empören.
Gehn Sie nicht weiter vor auf diesen schlimmen Wegen!
Beeilen Sie sich doch, die Sache beizulegen;
Entsagen Sie dem Zorn mit mildem Christensinn
Und führen Sie den Sohn zu seinem Vater hin.

Tartüff.

Mein Gott! Was mich betrifft, ich thät's von Herzen gern; [24]
Ich weiß von Bitterkeit und Haß mich gänzlich fern,
Ich zürn' ihm keineswegs, ich möcht' ihm gern verzeihn
Und wäre sehr erfreut, könnt' ich ihm dienstbar sein.
Nur leider eint sich dies nicht mit des Himmels Sache,
Und seine Wiederkehr heischt, daß ich fort mich mache.
Nach dem, was er gethan, so unrecht wie verwegen,
Kann mein Verkehr mit ihm doch nur Skandal erregen.
Ach Gott! wer weiß auch, wie die Leute das verstehn,
Ob sie darin nicht List von meiner Seite sehn,
Und sagen, im Gefühl von meiner eignen Schuld
Hascht' ich nach einem Schein von Nachsicht und Geduld;
Im Grunde wär' es Furcht, ich zög' ihn in die Schlingen,
Um dadurch besser mir sein Schweigen zu erringen.

Cleant.

Sie suchen, wie mir scheint, sehr nach Entschuldigungen,
Denn Ihre Gründe, Herr, sind ich gar zu gezwungen.
Was, frag' ich, geht Sie denn dabei der Himmel an,
Der ohne Sie gewiß die Schuld bestrafen kann?
Die Rache sollten Sie ihm lassen ganz allein,
Und denken, daß es Pflicht, Beleid'gung zu verzeihn.
Es darf Sie nimmermehr der Menschen Urtheil rühren,
Wenn Sie, was Pflicht gebeut, gewissenhaft vollführen.
Wie! blos die Bangigkeit, man könnte Falsches glauben,
Die sollte Sie des Ruhms der guten That berauben?
Nein, folgen wir nur stets dem himmlischen Gebot,
So bleibt die Seele frei von aller Sorg' und Noth.

Tartüff.

Ich hab' es schon gesagt, mein Herz verzeiht ihm gern,
Und also thu' ich ja nach dem Gebot des Herrn.
Jedoch nach dem Skandal, den heut es hier gegeben,
Gebeut der Himmel nicht, mit ihm vereint zu leben.

Cleant.

Gebeut er Ihnen denn, willfährig dem zu sein,
Was aus dem Vater spricht der Eigensinn allein?
Zu nehmen das Geschenk, das Ihnen angetragen,
Wenn eine höh're Pflicht verlangt, es auszuschlagen?

Tartüff.

Ein Jeder, der mich kennt, erkennet auch ganz klar,
Daß es nicht Eigennutz von meiner Seite war.
Die Güter dieser Welt sind ohne Reiz für mich,
Da längst für mein Gemüth ihr eitler Glanz erblich;
Und wenn ich mich entschloß, das Geld nicht auszuschlagen,
Geschah dies einzig nur, um's frei herauszusagen,
Weil, wie mich dünken will, sehr zu befürchten steht,
Daß Orgons Hab und Gut in schlechte Hände geht;
Daß die Besitzer es zu bösem Zweck verwenden
Und an die Eitelkeit des Lebens nur verschwenden.
Dagegen wird es stets, kommt es in meine Hand,
Zum Ruhm des Himmels, zu des Nächsten Heil verwandt.

Cleant.

Mein Herr! Wohl allzu zart erscheint mir Ihr Bedenken;
Der Erbe wär' ein Thor, wollt' er Gehör ihm schenken.
Nein, lassen Sie ihn nur auf eigene Gefahr
Verwalten, was von je sein rechtlich Erbtheil war;
Denn besser wahrlich ist's, daß er es schlecht verwendet,
Als daß Sie der Verdacht des Unterschleifes schändet.
Bewundert hab' ich nur, wie ruhig Sie's ertragen,
Daß Orgon es gewagt, die Schenkung vorzuschlagen;
Denn gibt es einen Satz im wahren Christenglauben,
Der lehrt, es sei erlaubt, die Erben zu berauben?
Beherrscht Sie solch ein Haß und solch ein Widerstreben,
Daß Sie mit Damis nicht zusammen mögen leben,
Wär' es nicht besser dann, gleich den Entschluß zu fassen,
Und selber dieses Haus aus Rücksicht zu verlassen,

Als zuzugeben, daß man der Vernunft zum Hohn
Aus seines Vaters Haus vertreibt den eignen Sohn?
Das wär' doch ein Beweis von Ihrer Redlichkeit,
Und wenn . . .

Tartüff.

Mein Herr, es ist halb vier jetzt an der Zeit.
Es ruft in mein Gemach mich eine fromme Pflicht;
Verlassen muß ich Sie, drum zürnen Sie mir nicht.

Cleant.

Ah!

Zweiter Auftritt.

Elmire. Mariane. Cleant. Dorine.

Dorine
(zu Cleant).

Könnten Sie, mein Herr, mir Ihren Beistand leihn?
Marianens Herz erliegt in banger Todespein.
Sie weiß es, daß noch heut ihr die Verlobung droht,
Und das versenkt sie ganz in Kummer, Angst und Noth.
Er kommt. O lassen Sie vereint uns alle ringen,
Mit List und mit Gewalt ihn davon abzubringen;
Wir all' empfinden ja darob das tiefste Leid.

Dritter Auftritt.

Orgon. Elmire. Mariane. Cleant. Dorine.

Orgon.

Das ist ja schön, daß ihr hier all' versammelt seid.
(Zu Mariane)
Hier bring' ich den Kontrakt, er wird euch Freude machen;
Ich glaube gar, ihr habt schon Wind von diesen Sachen.

Mariane
(auf den Knien zu Orgon).

Beim Himmel droben, dem bekannt mein tiefer Schmerz,
Bei Allem, Vater, was bewegen kann Ihr Herz,
Bitt' ich Sie, nicht so streng auf's Vaterrecht zu dringen,
Und zum Gehorsam mich gewaltsam nicht zu zwingen!
O treiben Sie mich nicht durch Ihren Zwang dahin,
Daß ich verwünsche, was ich Ihnen schuldig bin!
O machen Sie mir nicht, das Sie mir selbst gegeben,
Zur Folter und zur Last, mein Vater, dieses Leben!
Und ist auch, was geheim zu hoffen ich gewagt:
Dem zu gehören, den ich liebe, mir versagt,
So kann ich — auf den Knien muß ich Sie drum beschwören! —
Dem Manne doch, der mir verhaßt, nie angehören!
O treiben Sie mich nicht, mißbrauchend Ihre Macht,
An der Verzweiflung Rand und in des Wahnsinns Nacht!

Orgon
(der bewegt wird).

Halt fest, mein Herz! und sei von Menschenschwäche rein. [25]

Mariane.

Ich tadl' es nicht, daß Sie ihm Ihre Liebe weihn,
Und ich gestatt' es gern, daß er Ihr Erbe sei,
Und leg', ist's nicht genug, noch gern mein Erbtheil bei;
In Alles füg' ich mich und find' es nicht zu viel, —
Mich selber lassen Sie dabei nur aus dem Spiel!
Viel lieber will ich dann in engen Klostermauern
Den Rest der Lebenszeit in Einsamkeit vertrauern.

Orgon.

Ha, ha! da haben wir's. Gleich sind sie keusche Nonnen,
Sagt man zur Liebschaft Nein, die sie sich angesponnen.
Steh' auf! Je mehr dein Herz dem Bündniß widerstrebt,
Je größer das Verdienst, zu dem es dich erhebt.
Die Ehe diene dir zur Buß' und zum Kastein;
Jetzt aber höre auf, das Ohr mir vollzuschrein.

Dorine.

Doch wie . . .

Orgon.

Sie da, Sie schweigt! Sie wartet, bis man fragt.
Versteht Sie? Daß Sie nicht den Mund zu öffnen wagt!

Cleant.

O wollten Sie Gehör nur meinem Rathe leihn . . .

Orgon.

Es mag Ihr Rath sehr klug und sehr verständig sein,
Und er entspricht gewiß der reinsten Weisheitslehre,
Nur das gestatten Sie, daß ich mich nicht dran kehre.

Elmire.

Hör' ich das Alles an, steht der Verstand mir still;
Ich weiß wahrhaftig nicht, wie es noch enden will.
Wie sind Sie doch bethört, wie sind Sie sinnbefangen,
Der Lüg' uns noch zu zeihn nach dem, was vorgegangen!

Orgon.

Ihr Diener! Ja, vom Schein wird mein Verstand betrogen.
Ich weiß, wie meinem Sohn, dem Schelm, ihr seid gewogen;
Ihr laßt ihn nicht im Stich und nehmt euch seiner an,
Weil er zu Leibe will dem frommen braven Mann.

(Zu Elmire)

Wär', was Sie sagen, wahr, so wären Ihre Mienen
Mir, als ich kam, gewiß so ruhig nicht erschienen.

Elmire.

Ist's nöthig, wenn ein Geck von seiner Liebe spricht,
Daß eine Frau darum gleich eine Lanze bricht?
Muß sie gleich eine Schlacht für ihre Ehre schlagen,
Mit zornentflammtem Blick ihm derbe Worte sagen?
Was mich betrifft, so lach' ich solcher Faselei'n,
Und Lärm zu schlagen fällt mir nicht im Traume ein;

Wir sollen sittsam sein, und dabei sanft doch bleiben,
Und sollen's nicht so weit wie jene Spröden treiben,
Die zur Vertheidigung gleich Krall' und Zähne wetzen,
Und bei dem ersten Wort dem Gegner eins versetzen.
Der Himmel halte mich von solcher Tugend frei!
Ich schätze spröden Sinn, doch ohne Teufelei;
Auch mein' ich, spricht man nur ein festes, kaltes Nein,
Das schüchtre schon genug den Muth des Frevlers ein.

Orgon.

Ich weiß das, was ich weiß, und will nichts weiter hören.

Elmire.

Unglaublich scheint es fast, sich also zu bethören;
Doch werden Sie auch dann noch immer drauf bestehn,
Wenn Sie, daß wahr man sprach, mit eignen Augen sehn?

Orgon.

Sehn?

Elmire.

Ja —

Orgon.

Ach, Possen das!

Elmire.

Jedoch, wenn hell und klar
Ich's Ihnen zeigen kann?

Orgon.

Madam, das ist nicht wahr.

Elmire.

Nein, welch ein Mensch! Wenn Sie uns denn nicht hören wollen —
Ich sage nicht, daß Sie den Worten trauen sollen!
Doch setzen wir den Fall, daß man an diesem Ort
Sie Alles sehen läßt und hören jedes Wort,
Was sagten Sie dazu? darum möcht' ich Sie fragen.

Orgon.

Dann würd' ich sagen, daß .... Nein! gar nichts würd' ich sagen;
Es kann ja doch nicht sein. —

Elmire.

Zu lange währt es schon,
Daß man mich Lügen straft mit bittrem Spott und Hohn;
Drum sollen Sie, zum Spaß und ohne weit zu gehn,
Das, was wir hier gesagt, sogleich bestätigt sehn.

Orgon.

Ich nehme Sie beim Wort. Es wird sich jetzt enthüllen,
Ob Ihr Versprechen Sie auch wissen zu erfüllen.

Elmire
(zu Dorine).

Sorg', daß er kommt.

Dorine.

Da schlau er Alles weiß zu spüren,
So ist es wohl nicht leicht, den Mann zu überführen.

Elmire.

Wen heiße Liebe quält, der ist nicht schwer zu fangen,
Man ist aus Eitelkeit schon oft in's Netz gegangen.
Bestell' ihn her!

(Zu Cleant und Mariane)
Und Sie, Sie bitt' ich, jetzt zu gehn.

— — —

Vierter Auftritt.

Elmire. Orgon.

Elmire.

Hier unter diesen Tisch, damit Sie nicht zu sehn.

Orgon.

Wie?

Elmire.

Ohn' Umstand, schnell! Hier sind Sie gut verborgen.

Orgon.

Doch, unter diesen Tisch?

Elmire.

Mein Gott! Ich will schon sorgen.
Sie sollen loben noch, was ich mir ausgedacht.
Hier, kriechen Sie nur hin! Und kein Geräusch gemacht!
Und Acht gegeben, daß man Sie nicht sehen kann!

Orgon.

Das heißt gefällig sein von einem Ehemann;
Jedoch ich sähe gern, was Sie zu Stande bringen.

Elmire.

Nur sein Sie nicht verdutzt, sehn Sie mein Werk gelingen. [27]
(Zu Orgon, der unter dem Tische sitzt)
Denn etwas delikat ist allerdings die Sache,
Drum wünsch' ich, daß der Herr sich keine Skrupel mache.
Was ich auch sagen mag, es darf Sie nicht verletzen,
Das ist der einz'ge Weg, den Vorsatz durchzusetzen.
Mit süßem Schmeichelwort, denn anders geht es nicht,
Reiß' ich dem frommen Mann die Larve vom Gesicht;
Damit er ohne Zwang sein freches Wesen zeige,
Ist's nöthig, daß ich mich ihm sanft entgegen neige.
Da's nur für Sie geschieht und nur, um ihn zu fassen,
Wenn ich so thu', als wollt' ich mich gewinnen lassen,
So hör' ich auf, sobald Sie sich ergeben wollen.
Die Dinge gehen nur, so weit sie gehen sollen,
Und Ihre Sache ist's, den Riegel vorzuschieben,
Sobald Sie sehn, daß er es weit genug getrieben,
Zu schonen Ihre Frau, und mehr nicht zu erlauben,
Als nöthig ist, damit Sie meinen Worten glauben.
Für Sie wag' ich das Spiel, und Ihnen kommt's zu gut,
Drum .... Horch! er kommt! Nun still, und sei'n Sie auf der Hut.

———————

7*

Fünfter Auftritt.

Tartüff. Elmire.

Tartüff.

Man sagte mir, daß Sie zu sprechen mich begehren.

Elmire.

Ja, ein Geheimniß, das ich Ihnen muß erklären . . . [28]
Doch schließen Sie die Thür, bevor wir weiter sprechen,
Damit hier Niemand kommt, um uns zu unterbrechen.
Nach einem Auftritt, wie er heut hier vorgegangen,
Hab' ich zum zweitenmal doch eben kein Verlangen.
Nie ward ein Ueberfall, wie dieser da, erlebt,
Und Damis war so wild, daß ich um Sie gebebt!
Sie haben's wohl gesehn, wie Alles ich gethan,
Zu mildern seinen Zorn, zu hindern seinen Plan;
Doch ich war ganz verwirrt, drum fiel mir auch nicht ein,
Für das, was er da sprach, der Lügen ihn zu zeihn.
Es scheint mir, Gott sei Dank, noch Alles gut zu gehn,
Da sicherer als je jetzt unsre Sachen stehn;
Ihr hohes Ansehn hat den Sturm zur Ruh gebracht,
Und mein Gemahl ist taub für jeglichen Verdacht.
Er wünscht sogar zum Spott auf jene Stichelein,
Daß ungestört wir stets allein beisammen sei'n.
Das ist der Grund, weshalb ich bei verschloßner Thüre
Mit Ihnen unbesorgt das Zwiegespräch hier führe,
Weshalb sich Ihnen jetzt mein Herz so offen zeigt
Und Ihrem Drängen ach! nur allzu schleunig weicht.

Tartüff.

Was Sie da sagen, scheint, Madam, mir nicht sehr klar,
Da Ihre Sprache noch vor kurzem anders war.

Elmire.

Wenn Sie beim ersten Nein sogleich in Zorn entbrennen,
Da scheinen Sie das Herz der Frauen nicht zu kennen.

Wie sie gesinnt, ist klar daraus doch zu ersehn,
Daß sie mit schwacher Kraft dem Feinde widerstehn;
Des Weibes Schamgefühl kämpft, selbst in schwachen Stunden,
Dann mit der Liebe noch, wenn es schon überwunden,
Und wenn auch noch so laut der Drang des Herzens spricht,
Sogleich es eingestehn, mein Herr, das gehet nicht.
Nein, nein! man widersteht, doch wie man's thut, das zeigt,
Wie gern man sich ergibt und schon die Segel streicht;
Der Ehr' zu Liebe spricht der Mund ein kaltes Nein,
Doch schließt dies Weigern fast schon die Gewährung ein.
Sie müssen eingestehn, daß ich sehr offen bin,
Und daß dies Opfer groß für zarten Frauensinn!
Doch, da ich mich so weit nun einmal ausgesprochen,
So frag' ich: hätt' ich denn des Damis Zorn gebrochen,
Und würd' ich denn, mein Herr, es so geduldig hören,
Daß Sie mit lautem Mund mir Ihre Liebe schwören,
Nähm' ich die Sache denn wohl so, wie Sie es sahn,
Wenn Ihre Huldigung dem Herzen weh gethan?
Warum bemüht' ich mich, mein Herr, vor allen Dingen,
Sie von der Eh', die Sie beschlossen, abzubringen?
Es scheint mir, daß genug dies allen Antheil zeigt,
Mit dem mein schwaches Herz sich Ihrem Drängen neigt!
Sie sehn daraus die Furcht, wenn es zu Stande käme,
Halb nur zu haben, was viel lieber ganz ich nähme.

Tartüff.

Es öffnen sich, Madam, für mich des Himmels Pforten,
Und schwelgend hängt mein Herz an diesen holden Worten.
Ach, ihre Süß'gkeit durchströmt in langen Zügen
Den Sinn mir und das Herz mit seligem Genügen.
Mein Ziel, mein höchster Wunsch ist, Ihnen zu gefallen,
Ich bin, wenn mir's gelingt, der glücklichste von Allen!
Doch dabei sei, Madam, die Aeuß'rung mir gestattet,
Daß bange Zweifelqual die Seele mir umschattet.
Wie? denk' ich, liegt dabei vielleicht nur List zum Grunde,
Die ab mich lenken will von jenem Ehebunde?

Und wollen Sie ganz klar in meine Seele schaun:
Ich wage eher nicht, dem holden Wort zu traun,
Als bis ein wenig Gunst, nach der ich sehnlich schmachte,
Mir das gewährt, was ich als sichre Bürgschaft achte.
O wecken Sie bei mir im schwankenden Gemüthe
Die Hoffnung, daß Ihr Herz für mich voll Huld und Güte!

Elmire

(hustet, um ihren Mann aufmerksam zu machen).

O Gott! Sie gehen ja, mein Herr, gewaltig schnell,
Erschöpfen vor der Zeit der Zärtlichkeiten Quell!
Wie offen auch der Mund von zarter Neigung spricht
Und Alles eingesteht, für Sie genügt es nicht.
Ist denn kein andrer Weg, zur Ruhe Sie zu bringen,
Als daß Sie gleich im Sturm die letzte Gunst erringen?

Tartüff.

Je minder man verdient, je minder darf man hoffen;
Dem Wort, das nur verspricht, ist halb das Ohr nur offen.
Man traut dem Glücke nicht, bevor es sich erschließt,
Und glaubt nur ganz daran, wenn man davon genießt.
Daß ich es nicht verdien', ich weiß es nur zu gut;
Darum auch zweifl' ich noch trotz meiner Sehnsucht Gluth,
Und komme dann erst ganz zu voller Sicherheit,
Wenn Sie mich überzeugt durch etwas Wirklichkeit.

Elmire.

Mein Gott! Die Lieb' ist ja bei Ihnen ein Tyrann,
So stürmisch, daß man ihr nicht widerstehen kann!
Wie läßt sie ungestüm der Herrschaft Scepter walten,
Wie will sie, was sie wünscht, in einem Nu erhalten!
Ist denn kein Mittel mehr, um Ihnen zu entrinnen?
Sie lassen kaum mir Zeit zum Athmen und Besinnen.
Sie dringen schonungslos auf Ihren Gegner ein,
Und wollen — ist das recht? — gar kein Pardon verleihn.
Zum Mißbrauch führt Sie so des Herzens weiche Schwäche,
Von der ich gegen Sie nur allzu offen spreche.

Tartüff.

Doch da Sie so voll Huld sich gegen mich erklären,
Warum denn zögern Sie, die Probe zu gewähren?

Elmire.

Wie könnt' ich's? Sagen Sie, wird's nicht der Himmel rächen,
Des Himmels schwerer Zorn, von dem Sie immer sprechen?

Tartüff.

Wenn sich kein Hinderniß, als nur der Himmel, zeigt,
Das ist nicht schwer, o das beseitigen wir leicht;
Nein, darum brauchen Sie so ängstlich nicht zu sein!

Elmire.

Man flößt uns Angst und Furcht vor seinen Strafen ein.

Tartüff.

Ach, ich zerstreue bald die Angst, in der Sie schweben,
Es ist ja Kleinigkeit, den Skrupel aufzuheben.
Zwar scheint uns das Verbot des Himmels streng zu binden,
Doch ist es gar nicht schwer, sich mit ihm abzufinden; [29]
Denn je nach dem Bedarf gibt's eine Wissenschaft,
Die das Gewissen lös't durch des Beweises Kraft,
Die eine schlimme That zu einer guten macht,
Wenn nur das Herz dabei an Böses nicht gedacht.
Zu weiterem Beweis bin ich, Madam, bereit,
Nur bitt' ich Sie dabei um etwas Folgsamkeit.
Also nur keine Furcht! gewähren Sie die Huld!
Ich steh' für Alles ein, und nehm' auf mich die Schuld.

(Elmire hustet stärker.)

Tartüff.

Ein böser Husten das!

Elmire.

Der viele Pein mir schafft.

Tartüff.

Befehlen Sie vielleicht von dem Lakritzensaft?

Elmire.

Ich danke sehr mein Herr; das Uebel geht so weit,
Daß aller Saft der Welt mich nicht davon befreit.

Tartüff.

Das thut mir leid!

Elmire.

Es läßt die Qual sich nicht beschreiben —

Tartüff.

Die Strupel, wie gesagt, die will ich leicht vertreiben.
Sei'n Sie gewiß, daß stets mein Mund sich streng bewacht,
Denn bös ist ja nur das, was Lärm und Aufsehn macht;
Nur darin liegt die Schuld, daß man es hört und sieht,
Und Sünd' ist Sünde nicht, wenn sie geheim geschieht.

Elmire
(hustet abermals und klopft auf den Tisch).

Ich seh wohl, man kann nichts durch Widerstand erreichen,
Es bleibt kein Mittel mir, als Ihrem Drang zu weichen.
Sie werden außerdem ja nie zufrieden sein,
Und geben niemals nach, ich seh' es leider ein.
Es macht mich tief betrübt, daß Ihnen dies gelingt,
Und thu' ich diesen Schritt, geschieht's, weil man mich zwingt!
Doch weil Sie gar nichts rührt, wie ich auch zittr' und zage,
Weil Sie für Alles taub, was ich auch immer sage,
Beweise stets auf's neu, die stärker sind, begehren,
So kann ich Ihrem Drang, ach! jetzt nicht länger wehren.
Doch fällt's auf Sie zurück, der mich dazu gebracht,
Wenn meine Schwäche man mir einst zum Vorwurf macht,
Und was daraus entsteht, es komme nicht auf mich.

Tartüff.

Ich nehm' es ganz auf mich, auch ist die Sach' an sich ---

Elmire.

So öffnen Sie die Thür, die auf den Vorplatz geht,
Sehn Sie, ob nicht mein Mann dort auf der Lauer steht.

Tartüff.

Ach, kümmern Sie sich doch, Madam, nur nicht um ihn;
Denn, unter uns, der läßt sich bei der Nase ziehn.
Was ich auch sagen mag, er ist davon erbaut;
Ich hab' ihn so, daß er dem eignen Aug' nicht traut.

Elmire.

Gleichviel! Ich bitte Sie, mein Herr, gehn Sie hinaus,
Und forschen Sie den Platz genau und sorgsam aus.

Sechster Auftritt.

Orgon. Elmire.

Orgon
(kriecht unter dem Tisch hervor).

Ein Scheusal ist der Mensch! Bei Gott, was ich gehört,
Das geht zu weit! Ich bin auf's Aeußerste empört.

Elmire.

Wie, schon so bald? Es scheint, Sie wollen mich nur necken;
Noch ist's nicht Zeit! — Geschwind, sich wieder zu verstecken!
Erwarten Sie das End', um ganz gewiß zu sein.
Wer wollte dem Verdacht so blinden Glauben leihn?

Orgon.

Ein Satan, schwarz wie der, war nie im Höllenschlund!

Elmire.

Mein Gott, Sie bauen da auf gar zu leichten Grund;
Erst sei'n Sie überführt, bevor Sie sich ergeben:
Denn möglich wär' es ja, daß Sie im Irrthum schweben.

(Elmire läßt Orgon sich hinter sie verstecken.)

Siebenter Auftritt.

Tartüff. Elmire. Orgon.

Tartüff

(ohne Orgon zu sehn).

Wie Alles doch, Madam, zu unserm Glücke führt!
Ich habe rings umher die Zimmer durchgespürt,
Und Niemand ist zu sehn, mein Herz voll Seligkeit —

(Während Tartüff mit offenen Armen Elmiren entgegen eilt, zieht sie sich zurück und
Orgon steht vor ihm.)

Orgon.

Gemach, mein Herr, gemach! Die Sache geht zu weit!
Wer gibt sich denn so ganz den Leidenschaften hin?
Ha, ha! Der fromme Mann hat's gegen mich im Sinn!
Er scheint gewaltig stark des Reizes Macht zu spüren,
Die Tochter will er frein und mir mein Weib verführen!
Ich dachte lang: ach nein, er meint so schlimm es nicht,
Kein Zweifel, daß er bald in andrem Tone spricht;
Jetzt bin ich überzeugt, und bin es nur zu sehr,
Ich hab' Beweise gnug und brauche keinen mehr.

Elmire.

Sehr gegen meinen Wunsch war Alles, was geschah;[30]
Ich handelte nur so, weil ich kein Mittel sah —

Tartüff

(zu Orgon).

Wie! — glauben Sie vielleicht —?

Orgon.

                    Nur fort, ganz still und sacht!
Viel Federlesens wird mit Ihnen nicht gemacht.

Tartüff.

Mein Plan —

Orgon.

Sie richten nichts mit Ihren Reden aus:
Drum auf der Stelle, Herr, verlassen Sie mein Haus.

Tartüff.

An Ihnen ist's, der hier den Herren spielt, zu gehn:
Denn mir gehört das Haus, Sie werden gleich es sehn;
Auch werd' ich zeigen jetzt, daß Sie durch Schwierigkeiten
Vergebens sich bemühn, mein Recht mir zu bestreiten.
Gelingen wird es nicht, zu schaden einem Mann,
Der Mittel hat, wodurch er Sie vernichten kann.
Dem Himmel trotzen Sie, doch weiß ich ihn zu rächen,
Sie werden's bald bereun, daß Sie von Fortgehn sprechen.

Achter Auftritt.

Elmire. Orgon.

Elmire.

Ha, welche Reden das! Was ist's, was er da spricht?

Orgon.

Ich bin bestürzt, denn ach! zum Lachen ist es nicht.

Elmire.

Wie so?

Orgon.

Wie war ich dumm! Jetzt tritt mir's klar entgegen,
Und jene Schenkung macht mich in der That verlegen.

Elmire.

Die Schenkung?

Orgon.

Ja, denn sie besteht in voller Kraft,
Doch ist's ein andres noch, was mir viel Sorge schafft.

Elmire.

Und was?

Orgon.

Sie hören's bald! — Jetzt muß ich eilig gehn,
Um nach dem Kästchen, das dort oben stand, zu sehn.

———

Fünfter Aufzug.

—

Erster Auftritt.

Orgon. Cleant.

Cleant.

Wohin?

Orgon.

Ach, weiß ich's denn?

Cleant.

Mir will's das Beste scheinen,
Daß wir uns Alle hier zu einem Bund vereinen
Und uns berathen, was in diesem Fall zu thun.

Orgon.

Der kleine Kasten, ach, er läßt mich gar nicht ruhn,
Ich mache mir darum die allergrößten Sorgen.

Cleant.

Ist in dem Kästchen denn was Wichtiges verborgen?

Orgon.

Herr Argan, jener Freund, den ewig ich beklage,
Hat mir's vor seiner Flucht, just noch am letzten Tage

Als ein höchst wicht'ges Pfand im Stillen zugestellt,
Weil, wie er mir vertraut, es ein Papier enthält,
Wovon sein Hab' und Gut abhängt, ja selbst sein Leben.

Cleant.

Wie also konnten Sie's in andre Hände geben?

Orgon.

Nur die Gewissensangst hat mich dazu bewogen.
Kaum hatt' ich den Tartüff in mein Vertraun gezogen,
So brachte mir der Schelm die Ueberzeugung bei,
Daß doch in seiner Hand das Kästchen sichrer sei;
Ein Ausweg wäre das, ich könnt' auf alle Fragen:
„Das Kästchen hab' ich nicht!" — mit vollster Ruhe sagen, [31]
Und wär' es auch nicht wahr, so könnt' ich's doch beschwören
Und niemals würde mich darob ein Skrupel stören.

Cleant.

Bei Gott, Sie gingen da in eine schlimme Falle,
Verschenkten Ihr Vertraun und Ihr Vermögen alle!
Das heißt, Herr Schwager, um die Wahrheit zu gestehn,
Ein wenig gar zu weit in seinem Leichtsinn gehn.
Und dieser Schuft, — denn er besitzt das wicht'ge Pfand —
Hat, wie mir scheint, Ihr Loos jetzt ganz in seiner Hand;
Drum halt' ich's nicht für klug, ihn ferner aufzuhetzen,
Nein, rath' ich, sich mit ihm auf guten Fuß zu setzen.

Orgon.

O Himmel, unter'm Schein der reinsten Christenliebe
Verbirgt der Mensch ein Herz voll teuflischer Triebe,
Und ich, ich nahm ihn auf, der elend und zerrissen!
Bei Gott, ich will nichts mehr von frommen Leuten wissen;
Sie flößen allesammt mir Angst und Grauen ein,
Ich werde gegen sie ein wahrer Teufel sein.

Cleant.

Da haben wir's, Sie gehn schon wieder aus dem Gleise
Und halten niemals Maß bei Ihrer heft'gen Weise.

Warum muß denn Ihr Sinn stets in der Irre wandern,
Warum treibt ein Extrem Sie gleich zu einem andern?
Nun, da es Ihrem Aug' auf einmal wurde klar,
Daß jene Frömmigkeit nur eine Maske war,
So ändert sich Ihr Sinn; doch sagen Sie, ich bitte,
Warum verlassen Sie denn gleich die rechte Mitte?
Verwechseln Sie doch nun in blindem Eifer nicht
Den wahrhaft frommen Mann mit einem Bösewicht!
Blos weil ein solcher Sie voll Frechheit hinterging
Und Sie durch Heuchelei in seinem Netze fing,
Soll jeder fromme Mann gleich ihm zum Schurken werden,
Und echte Frömmigkeit gibt's nun nicht mehr auf Erden.
Wer Weltkind ist, pflegt so die Sachen anzusehn,
Sie aber sollten doch ganz anders es verstehn.
Verschenken Sie Ihr Herz nicht mit zu großer Hast,
Und halten Sie das Maß, wie es für Jeden paßt!
Vermeiden kann man's ja, der Heuchelei zu fröhnen,
Und braucht darum noch nicht den frommen Sinn zu böhnen;
Doch, müssen Sie durchaus in die Extreme gehn,
So möcht' ich lieber Sie in dem der Nachsicht sehn.

Zweiter Auftritt.

Orgon. Cleant. Damis.

Damis.

Ist's wahr, mein Vater? Um Sie schmählich zu verrathen,
Vergaß der Schuft das, was Sie alles für ihn thaten?
Hat ihn sein schlechtes Herz bis dahin schon gebracht,
Daß er aus dem Vertraun sich eine Waffe macht?

Orgon.

Ach ja, mein Sohn, ich fühl's, das bringt mich in die Gruft.

Damis.

Die Ohren schneid' ich ab dem niederträcht'gen Schuft.
Mit Leuten solcher Art muß man nicht schwierig sein;
Ich will mit einem Schlag Sie gleich von ihm befrein.
Am besten ist's am End', ihn einfach todt zu schlagen.

Cleant.

Das hieße, sich so recht, wie Knaben thun, betragen.
Ich bitte, mäß'gen Sie die allzu rasche Gluth!
Es waltet über uns ein Fürst mit strenger Hut,
Und solcher Ungestüm führt uns zum Ziele nicht.

Dritter Auftritt.

Madam Pernelle. Orgon. Elmire. Cleant. Mariane. Damis. Dorine.

Mad. Pernelle.

Was gibt's denn hier? Was ist's wovon ein Jeder spricht? [32]

Orgon.

Je nun, ein Vorfall ist's, von dem ich Zeuge war;
Wie Liebe Dank erwirbt, das zeigte sich mir klar.
Ich nehm' ihn sorgsam auf, den hart bedrängten Mann,
Und pfleg' ihn, wie man nur den Bruder pflegen kann;
Ich überhäuf' ihn stets mit neuer Liebesgabe,
Ich bring' ihm dar mein Kind und Alles, was ich habe: —
Und in derselben Zeit ist er darauf bedacht,
Wie er mein Weib verführt und mich zum Hahnrei macht!
Doch das genügt ihm nicht, — geht er so weit doch schon,
Daß meine Güte ihm ein Grund wird, mir zu drohn!
Zu meinem Untergang benutzt er mein Vertrauen,
Weil ich so thöricht war, auf sein Geschwätz zu bauen.
Er hat um Alles, was ich habe, mich betrogen,
Mich in die Noth gestürzt, aus der ich ihn gezogen!

Dorine.

Der gute Mann!

Mad. Pernelle.

Mein Sohn, ich glaub' es nimmerdar,
Daß solche Scheußlichkeit des Mannes Absicht war.

Orgon.

Wie so?

Mad. Pernelle.

Es läßt der Neid die Edlen nie in Ruh.

Orgon.

Was meinen Sie damit? Ich hör' verwundert zu.

Mad. Pernelle.

Befremdlich geht's, mein Sohn, in deinem Hause her;
Wie jedermann ihn haßt, man weiß es nur zu sehr.

Orgon.

Ihn haßt? Was soll das hier, Frau Mutter? möcht' ich fragen.

Mad. Pernelle.

Als du ein Kind noch warst, pflegt' ich dir oft zu sagen:
Die arge Welt verfolgt der Tugend reinsten Schimmer,
Die Neider sterben wohl, jedoch der Neid stirbt nimmer. [33]

Orgon.

Doch was hat das zu thun mit den bewußten Dingen?

Mad. Pernelle.

Man hat sich sehr bemüht, dir Mährchen vorzusingen.

Orgon.

Hab' ich nicht schon gesagt, daß ich es selbst gesehn?

Mad. Pernelle.

Kaum glaublich ist's, wie weit der Menschen Lügen gehn!

Orgon.

Sie ärgern mich zu Tod. Ich sagte Ihnen ja,
Daß ich mit eignem Aug' den ärgsten Frevel sah.

Mad. Pernelle.

An bösen Zungen fehlt es nie, die voll von Gift;
Nichts gibt es mehr, das nicht der Pfeil der Bosheit trifft.

Orgon.

Frau Mutter, reden Sie nicht in den Tag hinein!
Ich sah's, sag' ich, ich sah's beim hellen Tagesschein,
Was man nur sehen nennt! Soll ich zu hundert Malen
Die Sache stets aufs neu' in Ihre Ohren prahlen?

Mad. Pernelle.

Mein Gott, es kann der Schein uns leicht zum Irrthum führen!
Wenn's auch das Auge sieht, das darf uns doch nicht rühren.

Orgon.

Ich halt's nicht aus —

Mad. Pernelle.

       Der Mensch ist leicht des Irrthums Beute,
Drum sorg' er, daß er nicht das Gute böse deute.

Orgon.

So soll ich darin sehn ein christliches Erbarmen,
Daß er darnach gestrebt, Elmiren zu umarmen?

Mad. Pernelle.

Wer klagen will, der leg' auch gute Gründe dar;
So warte du doch nur, bis dir erst Alles klar.

Orgon.

Zum Henker! Warten soll ich, bis noch mehr geschehn?
Und ruhig soll ich es mit eignen Augen sehn,
Daß man mich gar . . . Mein Gott, ich hätte da ja bald —

Mad. Pernelle.

Tartüff, mein Sohn, hat viel zu edelen Gehalt;
Unmöglich ist's, auch nur ein Wort davon zu glauben,
Daß jemals er gedacht, sich solches zu erlauben.

Orgon.

Daß Sie Frau Mutter sind, wenn ich das nicht bedächte,
Bei Gott! wer weiß, wohin die Galle mich noch brächte.

Dorine.

Mein Herr, da zeigt sich klar des Himmels Strafgericht:
Sie haben nicht geglaubt, jetzt glaubt man Ihnen nicht.

Cleant.

Verlieren wir doch nicht die Zeit mit Albernheiten,
Und denken wir daran, uns Hülfe zu bereiten.
Wo solch ein Schelm uns droht, da ist nicht Schlafenszeit.

Orgon.

Wie! meinen Sie, er ging' im Frevel selbst so weit —

Elmire.

Ich glaube kaum, daß so die Sache von Gewicht,
Da gegen ihn zu sehr sein schwarzer Undank spricht.

Cleant
(zu Orgon).

Darauf ist nicht zu baun. Wer weiß, was er benützt,
Worauf er gegen Sie noch seine Klage stützt!
Denn wie gering es sei, ihm ist es schon genug,
Sie Alle zu umziehn mit schändlichem Betrug.
Ich rathe noch einmal, man gehe nicht zu weit,
Denn zu dem Kampfe stehn ihm Waffen viel bereit.

Orgon.

Gewiß! Was ist zu thun? Ich meistre kaum die Wuth,
Zu der der Schuft mich treibt mit seinem Uebermuth.

Cleant.

Zu wünschen wäre sehr, und wär's auch nur zum Schein,
Man ließe in Vergleich sich mit dem Menschen ein.

Elmire.

Ich wußte nicht, daß so mit ihm die Sache stand,
Sonst hätt' ich die Gefahr auf euch nicht hingewandt,
Und ihn . . .

8*

Orgon.

Was will der Mann?

(Zu Dorine, da er Herrn Loyal eintreten sieht.)

Gleich geh' Sie, ihn zu fragen.

Ich bin jetzt nicht gelaunt, Besuche zu ertragen.

Vierter Auftritt.

Orgon. Mad. Pernelle. Elmire. Mariane. Cleant. Damis. Dorine. Herr Loyal.

Herr Loyal
(zu Dorine beim Eintreten).

Gott grüß' Euch, schönes Kind! Wollt Ihr so freundlich sein, [34)]
Zu melden eurem Herrn —

Dorine.

Er ist jetzt nicht allein;

Drum zweifl' ich sehr, daß er geneigt, Sie anzuhören.

Herr Loyal.

Ich komme keineswegs, die Leute hier zu stören.

Was ich zu melden hab', kann nur willkommen sein;

Auch geht der Auftrag, der mir ward, an ihn allein.

Dorine.

Ihr Name?

Herr Loyal.

Sagt nur, daß von Herrn Tartüff ich käme

In einer Sache, die ihn sehr in Anspruch nähme. —

Dorine
(zu Orgon).

Er kommt, mein Herr, wie er mir sagt, mit sanften Mienen,

Zu Sachen Herrn Tartüffs, um eine Nachricht Ihnen

Zu bringen, die Sie freuen werd'.

Cleant.

Ei, man muß den Mann

Vorlassen, um zu sehn, was er uns bringen kann.

Orgon
(leise zu Cleant).

Er kommt vielleicht, um uns Verständ'gung vorzuschlagen;
Was soll man, meinen Sie, in diesem Falle sagen?

Cleant.

Ich rathe, zeigen Sie nur Ihren Aerger nicht
Und weichen Sie, sobald er vom Vergleiche spricht.

Herr Loyal
(zu Orgon).

Sein Sie gegrüßt, mein Herr. Des Himmels Gnade sei
Mit Ihnen immerdar, steh' Ihnen allzeit bei!

Orgon
(bei Seite).

Der Anfang klingt recht schön und läßt vielleicht uns hoffen,
Daß zur Verständigung noch jetzt ein Ausweg offen.

Herr Loyal.

Ich war dem Hause hier in Liebe stets geweiht,
In Ihres Vaters Dienst stand ich geraume Zeit.

Orgon.

Ich fühle mich beschämt, mein Herr, Sie nicht zu kennen,
Und bitte Sie darum, den Namen mir zu nennen.

Herr Loyal.

Ich bin Loyal, bin aus der Normandie und habe,
Dem Neid zum Trotz, das Amt des Häschers mit dem Stabe;
Seit vierzig Jahren schon, dem Himmel muß ich's danken,
Steh' ich mit vielem Ruhm vor des Gerichtes Schranken.
Ich komme mit Verlaub, mein Herr, in aller Eile,
Damit ich Ihnen hier die Ordonnanz ertheile . . .

Orgon.

Was! Sie sind hier . . .

Herr Loyal.

Nur ruhig! ist mein Rath.
Es handelt sich hierbei um nichts als ein Mandat,

Das Ihnen auferlegt, baldmöglichst, ohne Säumen,
Mit allem Zubehör die Wohnung hier zu räumen:
Ganz in der Weise, wie's die Ordonnanz ergibt.

Orgon.

Wie! Räumen ich mein Haus?

Herr Loyal.

     Ja, Herr, wenn es beliebt.
Sie wissen wohl, daß Herr Tartüff zu dieser Frist
Ohn' allen Widerspruch der Herr des Hauses ist:
All Ihr Vermögen ward ihm heute zuerkannt,
Und zwar durch den Kontrakt, der hier in meiner Hand;
Er ist in bester Form, die Sach' in Richtigkeit.

Damis
(zu Loyal).

Bei Gott, die Frechheit geht bewundrungswürdig weit!

Herr Loyal.

Mein Herr, ich habe nichts mit Ihnen hier zu thun;
Nur dort mit jenem Herrn. Er scheint mir ruh'ger nun;
Ihm ist ja wohl bekannt, was Ehre heischt und Pflicht,
Darum bin ich gewiß, er widersetzt sich nicht.

Orgon.

Doch . . .

Herr Loyal
(zu Orgon).

   Nein, Sie thun es nicht; gewiß, nicht um Millionen!
Sie sind ein Ehrenmann, der weiß das Recht zu schonen!
Sie lassen es geschehn, mit Anstand und in Frieden,
Wenn ich vollziehe, was Gesetz und Amt gebieten!

Damis.

Doch könnten Sie gar leicht, mein werther Stabspedell,
Hier diesen Stock herabziehn auf Ihr schwarzes Fell.

Herr Loyal
(zu Orgon).

Befehlen Sie dem Herrn, daß er sich still entferne;

Denn ich versichre Sie, daß ich nicht allzu gerne
Ihn aufgezeichnet säh' in meinem Protokolle.

Dorine
(bei Seite).

Loyal scheint mir nicht sehr loyal in seiner Rolle.³⁵⁾

Herr Loyal.

Den Biedermännern war ich immerdar gewogen,
Drum hab' ich diesem Amt mich gern auch unterzogen.
Es ist es ein Glück für Sie, daß ich es übernommen,
Denn wär' ein anderer an meiner Statt gekommen,
Der Sie nicht so geschätzt, der hätte sich vielleicht
In dem Verfahren nicht so rücksichtsvoll gezeigt.

Orgon.

Und gibts denn Schlimm'res, als von Haus und Hofe treiben
Den Herrn des Hauses? —

Herr Loyal.
         Nun, bis morgen hier zu bleiben,
Gestatt' ich gern und will, so viel es geht, Sie schonen;
Doch komm' ich, diese Nacht im Hause hier zu wohnen,
Und bring', in aller Still', daß keinen Lärm es mache,
Zehn meiner Leute mit, die halten sorgsam Wache.
Dann sein Sie nur so gut, es ist der Formen wegen,
Vor Schlafengehen mir die Schlüssel herzulegen.
Verlassen Sie sich drauf, es wird Sie Niemand stören,
Kein ungeziemlich Wort wird man die Nacht durch hören.
Doch morgen in der Früh', da gilt es, nicht zu säumen,
Und bis auf's letzte Stück das ganze Haus zu räumen.
Gern wird die Kompagnie dazu die Hände leihen,
Ich hab darauf gesehn, daß stark die Leute seien
Gestehen Sie, man kann nicht glimpflicher verfahren,
Und wie ich Alles thu', vor Unbill Sie zu wahren,
So bitt' ich Sie, mein Herr, auf mein Gesuch zu hören,
Und in der schweren Pflicht des Amts mich nicht zu stören.

Orgon
(bei Seite).

Wie gerne gäb' ich doch, gleich jetzt zu dieser Frist,
Zweihundert Louisd'or von dem, was mein noch ist,
Dürft' ich nach Herzenslust der Wonne mich erfreuen,
Hier diesen Ochsenkopf recht gründlich durchzubläuen.

Cleant
(leise zu Orgon).

Verderben Sie nur nichts!

Orgon.

Da hilft kein Widerstand,
Vor Lust zum Prügeln bebt der Stock in meiner Hand.

Dorine.

Bei Gott, mein Herr Loyal, für eine Prügeltracht
Find' ich Ihr Rückenstück besonders gut gemacht.

Herr Loyal.

Ei, hüten Sie sich ja vor Unannehmlichkeiten,
Mein Schatz; auch gegen Frau'n pflegt man rasch einzuschreiten.

Cleant
(zu Herrn Loyal).

Genug, mein Herr; 's ist Zeit, die Sache zu beend'gen.
Ich bitt', uns das Papier gefälligst einzuhänd'gen.

Herr Loyal.

Auf Wiedersehn! Es mag des Himmels güt'ge Hand

Orgon.

Du sollst zum Teufel gehn mit dem, der dich gesandt!

Fünfter Auftritt.

Orgon. Mad. Pernelle. Elmire. Cleant. Mariane. Dorine. Damis.

Orgon.

Frau Mutter, nun, wie ist's? Sehn Sie es endlich ein?
Die Prob' ist stark genug und kann nicht stärker sein;
Jetzt ist es, denk' ich, klar, daß dieser Mensch ein Schuft.

Mad. Pernelle.

Ich bin vom Blitz gerührt! Ein Schlag aus blauer Luft!

Dorine
(zu Orgon).

Mit Unrecht setzen Sie sich gegen ihn in Wuth,
Denn seine Absicht war, das sehn Sie doch, sehr gut:
Von Lieb' und Mitleid nur wird sein Gemüth berührt,
Er weiß es, daß das Geld die Menschen leicht verführt;
Drum sucht sein frommer Sinn von dem Sie zu befrein,
Was Ihrem Seelenheil gefährlich könnte sein.

Orgon.

So halte Sie Ihr Maul! kann es denn nimmer ruhn?

Cleant
(zu Orgon).

Berathen müssen wir, was jetzt noch bleibt zu thun.

Elmire.

O sorgen Sie dafür, daß gänzlich an den Tag
Sein schmählich Handeln kommt; das löset den Vertrag.
Denn solche Schändlichkeit kann nicht zum Ziele dringen,
Und glauben kann ich nicht, es werd' ihm je gelingen.

Sechster Auftritt.

Valer. Orgon. Mad. Pernelle. Elmire. Cleant. Mariane. Damis. Dorine.

Valer.

Ich bring', wie leid mir's thut, hier eine böse Kunde,
Sehr groß ist die Gefahr und wächst mit jeder Stunde.
Ein Freund, mit dem ich schon vertraut seit langen Jahren,
Der weiß, wie es mich schmerzt, was Ihnen widerfahren,
Hat's für mich durchgesetzt, sehr klug und sehr gewandt,
Daß ein Geheimniß ihm, ein wicht'ges, ward bekannt.
Er gab mir einen Wink, aus dem der Schluß zu ziehn,
Daß Sie am besten thun, auf's eiligste zu fliehn.
Der Schurke, welcher Sie so lange schon betrogen,
War bei dem Fürsten, den er über Sie belogen,
Und gab ein Kästchen ihm mit wichtigen Papieren,
Die den Verfasser als Verräther denunciren.
Er fügte dann hinzu, daß Sie es lang verhehlt,
Und gegen Ihre Pflicht als Unterthan gefehlt.
Das Näh're weiß ich nicht, was Ihnen fällt zur Last,
Doch ist schon gegen Sie ein Haftbefehl verfaßt.
Zu besserem Vollzug ward Herrn Tartüff befohlen,
Zugegen hier zu sein, wenn Sie die Häscher holen.

Cleant.

Das ist's, was er gewollt! Mit solchen Teufelswaffen
Sucht er sich den Besitz des Ihr'gen zu verschaffen!

Orgon.

Der Mensch, ich muß gestehn, ist doch ein scheußlich Thier!

Valer.

Sie sind verloren, Herr, trifft man Sie jetzt noch hier!
Sie fortzubringen steht mein Wagen vor dem Thor,
Und in dem Beutel hier sind tausend Louisd'or.
Nur keine Zögerung, eh' Sie der Pfeil erreicht,
Vor dem man sich nur schützt, indem man ihm entweicht!

Ich selbst begleite Sie und geh' nicht eher fort,
Als bis ich weiß, daß Sie an einem sichren Ort.

Orgon.

Für Ihren Edelmuth bin ich voll Dankbarkeit,
Doch zeigen kann ich's erst zu einer beff'ren Zeit.
Des Himmels Güte gibt, ich fleh' ihn darum an,
Mir einst Gelegenheit, wie ich's vergelten kann.
Lebt Alle wohl! und sorgt ...

Cleant.
Beeilen Sie sich nun!
Wir, Schwager, sorgen schon für das, was noch zu thun.

Siebenter Auftritt.

Orgon. Tartüff. Ein Gefreiter. Mad. Pernelle. Cleant. Mariane. Valer. Damis. Dorine.

Tartüff
(Orgon festhaltend).

Gemach, mein Herr! Warum so eilig da hinaus?[36]
Sie kommen früh genug in Ihr Gefangenhaus.
Im Namen unsres Herrn, Sie sind mein Arrestant.

Orgon.

Verräther! Bis zuletzt hieltst du in deiner Hand
Zurück die Waffe, die mich ganz vernichten soll.
Jetzt, denk' ich, ist das Maß der Schändlichkeiten voll!

Tartüff.

Mich wird Ihr Wüthen nicht, mein Herr, zum Zorn erregen;
Ich leid' und dulde gern die Schmach, des Himmels wegen.

Cleant.

Die Mäßigung ist groß und unerhört, bei Gott!

Damis.

Mit allem Heil'gen treibt der Frevler seinen Spott!

Tartüff.

Ihr Eifer und Ihr Zorn, mein Herr, verletzt mich nicht;
Ich thu' ja andres nichts, als nur, was meine Pflicht.

Mariane.

Wahrhaftig, großen Ruhm erwerben Sie dabei;
Ich finde, daß das Amt recht passend für Sie sei.

Tartüff.

Noch keinen Menschen hat ein solches Amt geschändet,
Wenn es vom Fürsten kam, der mich hierher gesendet.

Orgon.

Du Schuft! Vergissest du, daß, mir ganz unbekannt,
Ich aus der Noth dich zog mit liebevoller Hand?

Tartüff.

Was Sie für mich gethan, das werd' ich nie vergessen;
Doch höher stehen mir die heil'gen Staatsintressen.
Ich fühl's, wie meine Pflicht so streng und ernst mich bindet,
Daß alles Andere davor in nichts verschwindet;
Ihr opferte ich gleich mit gottergebnem Sinn
Freund, Eltern, Weib und auch mich selber freudig hin.

Elmire.

Der Heuchler!

Dorine.

　　　　O, wie hüllt er sich mit schlauer List
Gar prächtig ein in das, was Andern heilig ist!

Cleant.

Doch, wenn der Eifer, den zum Vorwand Sie genommen,
Und Ihre Frömmigkeit so überaus vollkommen,
Wie geht es zu, daß Sie sich früher gar nicht rührten,
Als bis Herr Orgon sah, daß Sie sein Weib verführten?

Warum beschlossen Sie nicht eh'r, ihn anzuklagen,
Als bis die Ehr' ihn zwang, Sie aus dem Haus zu jagen?
Es fällt mir jetzt nicht ein, daß ich das streitig mache,
Was er für sie gethan, in jener Schenkungssache,
Doch da als schuldig ihn Sie wollten denunciren,
Wie durften Sie zuvor die Schenkung acceptiren?

Tartüff
(zu dem Gefreiten).

Erlösen Sie mich doch, mein Herr, von dem Geschwätz,
Und thun Sie Ihre Pflicht, erfüllend das Gesetz.

Der Gefreite
(hervortretend).

Gewiß, zu lange schon hab' ich's mit angesehn;
Sie selbst ermahnen mich, an meine Pflicht zu gehn:
Wohlan! so folgen Sie, mein Herr, mir auf der Stelle
In das Gefangenhaus, wo Ihr Quartier die Zelle.

Tartüff.

Wer? Ich, mein Herr?

Der Gefreite.
Ja, Sie.

Tartüff.
Warum in Kerkerhaft?

Der Gefreite.

Mein Herr, nicht Ihnen geb' ich davon Rechenschaft.
(Zu Orgon)

Erholen Sie sich nun von Ihres Kummers Last.[37]
Denn uns beherrscht ein Fürst, der die Betrüger haßt,
Ein Fürst, vor dem das Herz der Menschen sich erschließt,
Vor dessen scharfem Blick der Heuchler Kunst zerfließt.
Er schauet in die Welt mit großem, klarem Sinne,
Und sorgt, daß über ihn nichts zu viel Macht gewinne,

Er weiß die Wahrheit stets vom Schein zu unterscheiden
Und kann das Uebermaß in keinem Punkte leiden.
Wer wahrhaft gut und fromm, dem weiß er Ruhm zu spenden,
Doch bloße Heuchelei vermag ihn nicht zu blenden;
Er liebt den Christensinn, doch fühlt er stets ein Graun
Vor jedem falschen Spiel und weiß es zu durchschaun.

(Auf Tartüff zeigend)

Der ist nicht fein genug, ihn in sein Netz zu ziehn,
Ganz anderem Betrug wußt' er schon zu entfliehn;
Des Menschen Schlechtigkeit, den Wolf im Schafsgewand
Hat er mit scharfem Blick zu Anfang gleich erkannt,
Der, als er Sie verklagt, sich selbst dabei verrieth.
Des Himmels Fügung war's, die so die Sach' entschied.
Dem Fürsten wurde da trotz falschem Namen klar,
Daß dies der Schurke, den er längst schon kannte, war;
Es hat sein Lebenslauf so Schändliches enthüllt,
Daß ganze Bücher man wohl leicht mit ihnen füllt.
Kurz, der Monarch ist tief im Innersten empört
Ob dieser Heuchelei, mit der er Sie bethört.
Erfüllt ist jetzt das Maß von seinen Schändlichkeiten,
Und mir ward der Befehl, ihn hierher zu begleiten,
Zu sehn, wie weit er ging' in seiner Schurkerei,
Und daß zugleich für Sie dies die Entschuld'gung sei.
Das wichtige Papier, das Ihnen er entwand,
Zurück erstatten soll ich's jetzt in Ihre Hand.
Des Fürsten Macht erklärt das Schenkungsdokument
Für null und nichtig, das als Erben ihn erkennt,
Und seine Güte will den Fehler gern verzeihn,
Daß Sie gewagt, dem Freund zur Flucht die Hand zu leihn.
Das ist der Dank dafür, daß Sie in früh'rer Zeit
Sich seiner Sache mit so vielem Muth geweiht.
Sie sehn, daß er nicht leicht die gute That vergißt,
Und dann oft lohnt, wenn man sich's nicht gewärtig ist.
Das wirkliche Verdienst zog er noch stets an's Licht,
Die böse That vergißt er leicht, die gute nicht.

Dorine.

Gott sei gedankt!

Mad. Pernelle.

Gottlob, ich athme wieder frei!

Elmire.

Wer hätte je geglaubt, daß dies die Lösung sei?

Orgon
(zu Tartüff, den der Gefreite abführt).

Da, Schurke, hast du's nun!

Achter Auftritt.

Mad. Pernelle. Orgon. Elmire. Mariane. Cleant. Valer. Damis. Dorine.

Cleant
(zu Orgon).

Halt, lassen Sie ihn gehn!
Ich möchte Sie nicht gern unwürdig handeln sehn.
Als Strafe mag das Loos, das seiner harrt, genügen,
Sie brauchen keinen Spott der Schmach hinzuzufügen.
Nein, wünschen Sie vielmehr, daß durch des Himmels Huld
Er zur Erkenntniß komm' und Reue seiner Schuld,
Daß sie vom Irrweg ihn auf gute Pfade lenke,
Damit ihm unser Fürst einst seine Gnade schenke.
Sie aber, gehn Sie gleich, zu danken auf den Knien
Für alles Gute, das so gnädig er verliehn.

Orgon.

Ja, Schwager, gut gesagt! Ich eile zu ihm hin,
Zu preisen seine Huld mit dankerfülltem Sinn.
Ist diese Pflicht erfüllt, dann bleibt noch zu bedenken,
Wie einem andren Wunsch wir jetzt Erfüllung schenken.
Die Lieb' und Treu' Valers, die diesen Kampf bestand,
Belohn' ich heute noch mit Marianens Hand!

Anmerkungen.

1) Der Name Tartüff, in dessen bloßem Klang schon etwas Gleis-nerisches liegt, wird auf verschiedene Weise abgeleitet. Nach Phil. Chasles kommt er vom spanischen Wort truffar, betrügen, das verstärkt tratruffar und dann abgeschliffen tartuffar heißt. Andere legen seiner Ent-stehung folgende Anekdote zum Grunde: Molière befand sich einst mit meh-reren feisten Geistlichen beim päpstlichen Nuntius; als zufällig ein Gemüse-händler hereintrat, der Trüffeln feil bot, rief einer von ihnen, indem er dem Nuntius einige sehr delikate überreichte, mit schmunzelndem Gesicht: Tar-tuffoli, Signor Nuntio, tartuffoli, und der Dichter hatte den Namen ge-funden, in dem sich die Heuchelei personificirt hat. Vielleicht hat er bei der Gelegenheit den geistlichen Herren noch einige andere Züge abgelauscht, z. B. den guten Appetit seines Helden. Noch andere Erklärungen übergehen wir. Bezeichnend ist, daß das verallgemeinernde le davorsteht, wodurch der Eigenname zum Appellatif wird. —

2) Der Bettelfürst Petaud, le roi Pétaud, ist der Name des Hauptes der Bettlerzunft; das Wort müßte eigentlich peto, ich bitte, geschrieben werden. Es ging in jenen Zusammenkünften der Vagabun-den, am Hofe des Bettelkönigs, sehr wild und anarchisch zu, daher jener sprichwörtliche Ausdruck.

3) Die Vorwürfe der Mad. Pernelle beziehen sich nicht auf den Moment, die Spielerin der Elmire darf daher nicht geputzt erscheinen, es würde das nicht zu ihrer Unpäßlichkeit stimmen, von der im Stück die Rede ist. Ein elegantes Négligé mit feinen Spitzen, die Tartüff im dritten Akte betastet, ist hier das Passende, so war auch Mlle. Mars gekleidet. Molière's Frau, die diese Rolle spielte, welche ganz ihrer In-dividualität entsprach und ihr sehr gelang, verfiel aus Putzlust in jene

Verkehrtheit: „Was willst du mit dem Putze", sagte Molière, der in ihre Loge trat, „weißt du nicht, daß Elmire krank ist und das Zimmer hütet? Geh' gleich hin und kleide dich um." Beinahe wäre die erste Vorstellung an der Widersetzlichkeit Armandens gescheitert.

4) Durch Madame Pernelle's Scheltereien gelingt es dem Dichter, uns gleich mitten in die Verhältnisse hinein zu führen; die Kunst der Exposition wird hier eben so geschickt als natürlich geübt. Die lettre sur l'Imposteur sagt: le spectateur reçoit une volupté très sensible, d'être informé dès l'abord de la nature des personnages par une voie si fidèle et si agréable.

5) Die Reden der kecken, von Madeleine Béjard, Molière's Schwägerin, gespielten Dorine, deren Charakter der Spielerin sehr entsprach, scheinen in der ersten Redaktion dem Cleant, für dessen Bildungsstandpunkt sie jedenfalls besser passen, mit manchem anderen, was für eine Zofe zu hoch ist, angehört zu haben. Vielleicht veranlaßte die Oekonomie des Dialogs diese nicht glückliche Aenderung.

Es scheint, daß die Anspielungen Dorinens auf Madame Daphne und Orante auf zwei Damen des damaligen Hofes gehen, die erste auf die Herzogin von Soissons, die, vom König verlassen, der Gemahlin desselben zuerst seine Liebe zur damals noch tugendhaften La Baillière verrieth, en y donnant le tour qu'elle vouloit qu'on y croie. Ihr kleiner Mann spielte eine Rolle in dieser Intrigue, und beide wurden verbannt. Die zweite, die Orante, scheint auf die schon in der Einleitung erwähnte Herzogin von Navailles zu gehen, qui censuroit tout à la cour et ne pardonnait rien. — Die Memoiren der Madame de Motteville besprechen alle diese Verhältnisse.

6) Im Texte steht: bayer aux corneilles, Maulaffen feil haben. Die Ohrfeige ist etwas stark, entspricht aber der durch Widerspruch vermehrten Aufgeregtheit jener gottseligen Schelterin, welche die Exposition gleich dramatisch belebt und mit viel Schwung, Verbissenheit und Derbheit, jedoch ohne zu karrikiren, gespielt werden muß. Dergleichen Mannweiber wurden zu Molière's Zeit noch oft von Männern gespielt; so spielte Hubert die Philaminthe in den Femmes savantes und die Madame Jourdain. Diese Großmutter jedoch war die Rolle des jüngeren Béjard, Molière's Schwager und ältesten Genossen, welcher etwas hinkte und solchen Ruf genoß, daß ihn seine Nachahmer auch darin kopirten. —

7) Im Texte steht bonne femme, was nach dem damals allgemein und jetzt noch im westlichen Frankreich herrschenden Gebrauch mit alte Frau synonym ist.

8) Dieser Vers enthält ein Motiv, deßen Bedeutung im letzten Akt klar wird. Der König verzeiht dem Orgon, weil er während der Unruhen für seine Sache gefochten hat; man muß auf solche Andeutungen achten, um den Dichter nicht ungerecht des Mangels an Motivirung zu beschuldigen. Daß Dorine über Alles das schwatzt, und Kenntniß von den Familienangelegenheiten hat, kommt von ihrem langjährigen Aufenthalt im Hause, der zugleich ihr fortwährendes Hineingreifen und Mitsprechen motivirt und ihr intimes Verhältniß zur Tochter des Hauses erklärt.

9) Dieser Diener, der, wie Dorine erfahren zu haben scheint, des Herrn würdig ist, erscheint gar nicht im Stück. Vielleicht eine tiefe Absicht des Dichters; die einsame Schlechtigkeit des Heuchlers, der sich gegen keinen Vertrauten ausspricht und durch keinen Monolog das Publikum in Mitwissenschaft zieht, wird dadurch noch unheimlicher.

Im Text steht Fleurs des Saints, der Titel eines ascetischen Buches von Ribobéneira.

10) Dieses, wie so Manches im Molière zum Sprichwort gewordene: le pauvre homme (pauvre ist hier wie oft ein bemitleidender Zärtlichkeitsausdruck) scheint folgendem Erlebnisse des Dichters entlehnt. Er begleitete als königlicher Kammerdiener im Jahre 1662 Ludwig nach Lothringen. Eines Abends forderte dieser den Kardinal von Rhodez auf, sich mit ihm zu Tische zu setzen. Der geistliche Herr lehnte die Einladung ab mit dem Bemerken, es sei Fasttag. Ein Hofmann lächelte dabei und erzählte darauf in weitläufiger Vorführung der verspeis'ten Gerichte, wie er den frommen Herrn kurz vorher habe tüchtig essen sehen, eine Erzählung, die der König stets mit le pauvre homme! unterbrach. Molière war klug genug, die Scene zu benutzen und schmeichelte dem Könige dadurch nicht wenig.

11) Wahrscheinlich hat diese vom Dichter später eingelegte Passage sehr viel zur Ermöglichung der Aufführung beigetragen und den König zur endlichen Erlaubniß vermocht.

Die lettre sur l'Imposteur bemerkt dabei: le venin, s'il y-en-a à tourner la bigoterie en ridicule, est presque précédé par le contrepoison. — Der Freigeist St. Evremond schreibt in Beziehung auf diese Rede: Si je me sauve, je lui devrai mon salut. La dévotion est si raisonable dans la bouche de Cléante, qu'elle me fait renoncer à toute ma philosophie, et les faux dévots sont si bien dépeints, que la honte de leur peinture les fera renoncer à l'hypocrisie. —

Cleants Reden sind sehr lang und werden bei der Vorstellung meistens abgekürzt, man fühlt ihnen zu sehr die Absichtlichkeit von Seiten des Dichters an, der berichtigt, belehrt und der Mißdeutung vorbeugt. Mit einem Worte, diese weisen Brüder und Schwäger, die fast in allen Moliére'schen Stücken dieser Gattung stets ruhig die Wahrheitswage in Händen halten, sind dramatisch mehr oder weniger langweilig, so vortrefflich auch ist, was sie thun und sagen. Jedenfalls hat der Spieler dieser Raisonneurs (das ist der Kunstausdruck) den Mangel an Lebenswärme, an Handlung und Individualität durch Vortrefflichkeit der Diktion zu ersetzen.

12) Moliére, auf Kontrast und Mannigfaltigkeit bedacht, läßt auch hier auf ein langes Gespräch einen kurzen, raschen Dialog folgen und schließt den Akt geschickt mit einer Andeutung auf den Fortgang der Handlung. Akte und Scenen folgen nicht allein auf einander, sondern gehen auch eines aus dem anderen hervor. Dieser erste Akt, schon ein kleines Drama für sich, ist musterhaft als Exposition; Voltaire nennt ihn darin unerreicht. Wir sind bereits vollständig mit der Lage der Dinge bekannt, wir kennen den Charakter der Personen, die erschienen sind: die eigensinnige, redselige Polterin Pernelle, den verblendeten Orgon, die feine, kluge Elmire, den sanguinischen Damis, die schüchterne Mariane und ihre impertinente Zofe, auch den noch unsichtbaren Tartüff haben wir im Geiste schon gesehen und haben ein bestimmtes Vorgefühl der zu erwartenden Ereignisse. Die Ouvertüre hat zu Allem schon präludirt. —

13) Diese Andeutung hat ihren Grund. Tartüff bestach den Orgon nicht allein durch seine Heuchelei, sein prätendirter Adel und sein Güterbesitz halfen mit zur Verblendung. Orgon ist weltlicher gesinnt, wie er selbst glaubt.

14) Nach einer irrigen Theatertradition spricht Dorine diesen Vers mit einer Hindeutung auf Orgon; das konnte aber nicht Moliére's Meinung sein, es fiele das auf Elmire zurück, deren Treue nicht verdächtigt werden darf. Daß Dorinens Gründe gegen die Heirat ganz äußerlicher Natur sind, ist in der Ordnung und bringt ein komisches Element in die ernste Scene. Das Verhältniß des Alten zu ihr, der nie die Ausführung seiner ewigen Drohungen wagt und auch hier durch ihre überlegene Zungenfertigkeit aus dem Felde geschlagen wird, ist eine der besten Würzen des Stückes, besonders durch seine dramatische Lebendigkeit, in der die Schauspieler nicht leicht zu viel thun können.

15) Je me moquerois fort de prendre un tel époux; ist meine Uebersetzung dieser Stelle auch nicht genau, so ist sie doch nicht falsch. Der Sinn ist: il m'importeroit peu, es läge mir wenig daran — ich danke dafür. — In demselben Sinne heißt es im Avare, Akt 1, Scene 2: Je veux lui donner pour époux un homme aussi riche que sage, et la coquine me dit au nez qu'elle se moque de le prendre, — daß sie sich dafür bedankt. —

16) Die Rolle des Valer wurde von La Grange gespielt, der noch in späteren Jahren das Fach der Liebhaber mit viel Leichtigkeit und Eleganz versah; er zeichnete sich durch seine Diktion aus und vertrat den Molière oft bei Anreden an's Publikum. Sein berühmter Nachfolger Granival sprach die ersten Verse lachend und in ungläubigem Tone denn zeigte Valer sich gleich bekümmert, so hätte Mariane, die ihrem Liebhaber gegenüber auf einmal empfindlich wird und das Rauhe nach Außen kehrt, gewiß ein wahrer und hübscher Zug, keinen Grund zum Aerger.

Der in dieser Scene gespielte Liebeszank, ein Lieblingsvorwurf des Dichters, der ihn in seiner Bühne sechsmal, zuerst im Dépit amoureux, aber stets in veränderter Weise hat, gab zu vielen Nachahmungen Veranlassung; erinnert nicht auch Goethe, der damals den Molière studirte, in der „Laune des Verliebten" daran? Er ist, gut und rasch dargestellt, einer der unterhaltenbsten Auftritte, der auch oft in Frankreich isolirt gegeben wird. Rührung und Schelmerei vermischen sich darin auf reizende Weise, und der Charakter des Lustspiels wird dabei vollkommen inne gehalten.

Obgleich Episode, ist dieser Auftritt doch nicht ganz müssig, er dient zur Vervollständigung der Charakterzeichnung, die kindliche Herzensliebe des Paares bildet einen hübschen Kontrast zu Tartüffs sinnlicher Leidenschaft und zu der folgenden Situation mit Elmiren. Uebrigens gehört die Scene, in der die beiden bedrängten Liebenden, statt zu handeln, sich zanken, zu den retarbirenden, die oft in der Komposition eines Dramas ihre große Berechtigung haben; auch greift der Entschluß, der hier gefaßt wird, der Ehe Marianens mit Tartüff durch List und Aufschub entgegen zu treten, wieder als Motiv in die Oekonomie der Handlung ein.

17) Auf Tartüffs versteckte, von seinen Feinden schon errathene Leidenschaft für Elmire ist, wie hier wieder, durch den im Voraus motivirenden Dichter schon mehrmals hingewiesen, und die Erwartung auf sein Erscheinen in den folgenden Scenen gespannt worden.

18) Das erste Auftreten Tartüffs, der bis dahin unsichtbar als böser Geist das durch ihn in Zwietracht gebrachte Haus beherrschte, von dem fast nur allein die Rede war, ist ein wichtiger Theatermoment. Wie soll er aussehen und sich gebahren? Mit einem Worte so, daß die beiden leicht= gläubigen Alten ihn für einen Heiligen halten können und die anderen Klügeren in ihm den Betrüger gleich erkennen müssen. Auf dieser Doppelseitigkeit beruht die ganze Schwierigkeit der Aufgabe, die, wie es scheint, der erste Spieler derselben, du Croisy, den Molière gleich bei ihrer Schöpfung im Auge hatte, sehr gut gelöst haben muß. — Ueber das späte Erscheinen des Tartüff macht die lettre sur l'Imposteur folgende Bemer= kung: C'est peutêtre une adresse de l'auteur de ne l'avoir pas fait voir plus tôt, mais seulement quand l'action est échauffée, car un caractère de cette force tomberait, s'il paraissoit sans faire d'abord un jeu digne de lui, nämlich das Zuwerfen des Tuches und die Kasteiungswerkzeuge. — La Bruyère, der in seinen Caractères im Onuphrius ein feineres Bild des Heuchlers glaubte gegeben zu haben, tadelt diese haudgreiflichen Züge und behauptet, damit bestäche man nicht; auch Linguet meint, solche Heuchler seien nicht gefährlich. Aber Molière schrieb für die Bühne, die starken Striche galten dem Lustspiel und nicht einer Novelle oder einem Roman; gegen den Onuphrius hat sich kein Mensch erhoben, aber Tartüff hat alle Frömmler erschreckt und einen ungeheuren Lärm verursacht.   .

19) Tartüff, von Gluth und Lüsternheit getrieben, möchte sich Elmiren gleich eröffnen, aber er fühlt sich noch nicht sicher auf dem Terrain. Die Darstellung dieser Doppelempfindung, das Durchbrechen der Sinnlichkeit durch die mystischen Redensarten, das unwillkürliche Lüften der Maske, die zugleich beichtväterliche und liebhaberhafte Haltung sind Momente, die einen großen Mimiker und Schauspieler erfordern und ihn reizen und befriedigen können; daß sich aus diesem Kampf Komik entwickelt, und der gewandte Schurke den Zuschauer zugleich indignirt und lachen macht, ist kein gerin= ger Erfolg für Molière's komische Kunst.

20) Die hier gleich beim Anfang der Unterredung vielleicht zu große Kühnheit, mit der Tartüff Elmirens Kleider belastet, scheint auffallend zu einer Zeit, wo die Damen, besonders die Preciösen, von den Männern eine ehrfurchtsvoll anbetende Haltung verlangten; indessen aus den Memoiren der Zeit geht hervor, daß daneben eine große Freiheit im Umgange der Ge= schlechter herrschte. — Uebrigens erinnert die Stelle an Rabelais, wo es vom Panurg heißt: Quand il se trouvait en compaignie de quelques bonnes dames, il leur mettait sus le propos de lingerie et leur mettait la

main au sein demandant: Et cest onvraige est il de Flandres ou de Haynault?

Elmire, deren sichere, im Verkehr der Welt erlangte Gewandtheit und Menschenkenntniß sich schon in diesem ersten Zusammentreffen mit dem Heuchler zeigt, ist eine sehr glückliche Rolle, die Armande, Molière's, durch ihre Persönlichkeit dazu sehr geeignete, Frau, zuerst spielte, und in der Mlle. Mars später ihre größten Triumphe feierte. Sie ist einer der schönsten weiblichen Charaktere, die der Dichter geschaffen hat. Obgleich unbefriedigt durch die Ehe mit Orgon, klagt sie nie und wendet, selbst kinderlos, ihre ganze Liebe den Stiefkindern zu; sie hat ein so sicheres Bewußtsein ihrer weiblichen Würde, daß sie nicht nöthig hat, in dieser Scene wild zu werden und es selbst wagen darf, später zur Rettung Marianens die Kokette zu spielen, ohne sich etwas zu vergeben; wie sehr die Schauspielerin dabei Reiz mit Würde verbinden und einen hohen Grad von Feinheit besitzen muß, um nicht Alles zu verderben, leuchtet von selber ein. Zu einer Zeit, wo Prüderie mit Frivolität oft Hand in Hand ging, war diese Konception sehr zeitgemäß und der Dichter konnte auch seiner Frau, die ihn oft durch ihre Koketterie quälte und diese edle Rolle zu spielen hatte, darin einen Spiegel vorhalten.

21) Dieser Auftritt ist von größter Wichtigkeit für die Oekonomie des Stückes, Damis' stürmisches Dareinfahren ist die Veranlassung, daß die Handlung neuen Schwung bekommt, er treibt den Orgon, der vielleicht Elmirens Ueberredung gewichen wäre, zur Schenkung und zur Verheirathung seiner Tochter. Damis will immer helfen und schadet immer.

22) Orgons Verblendung zeigt sich hier in krassestem Lichte, der Charakter, ein Seitenstück des Chrysale in den gelehrten Frauen, wurde von Molière selber gespielt, der als Tragiker schwach, aber als Komiker sehr bedeutend war und sein Talent für Polterer in dieser Rolle hinreichend verwenden konnte. Orgons allerdings sehr weit getriebene Blindheit ermäßigt sich dadurch, daß er sich durch Widerspruch gereizt fühlt, er thut nicht Alles aus Einfalt, der Eigensinn hat ein gut Theil daran, ebenso ist es mit Madame Pernelle.

23) Ich habe hier nach der Ausgabe von Aimé Martin den Vers: O ciel pardonne lui comme je lui pardonne übersetzt, den dieser Herausgeber restituirt hat. Schon Molière hatte ihn, um die Hinweisung auf das Vaterunser zu vermeiden, verändert und abgeschwächt in: O ciel pardonne lui la douleur qu'il me donne. Es ist dies einer der Fälle, wo er, wie die Vorrede sagt, vergebens Verbesserungen vorgenommen und sakramentale Phrasen unterdrückt hat, um jedem Skandal vorzubeugen.

In dieser letzten Scene zeigt sich der Heuchler schon in seiner ganzen Vollendung. Rötscher in seinem „Cyklus dramatischer Charaktere", Bd. II, der viel Vortreffliches über die Art und Weise, wie der Schauspieler den Tartüff zu spielen hat, enthält, gibt hier sehr beherzigungswerthe Winke und ermahnt zu seiner Beobachtung der Grenzen.

In wie weit in Zeichnung dieses Charakters dem Dichter eine bestimmte Persönlichkeit vorgeschwebt habe, ist schwer zu ermitteln; daß der Präsident Lamoignon nicht das Urbild des Tartüff war, darauf wurde schon in der Einleitung aufmerksam gemacht. Der Abbé de Choisy behauptet in seinen Memoiren, Molière habe in Darstellung vieler Aeußerlichkeiten den gleisnerischen Abbé Roquette, später Bischof von Autun, im Auge gehabt, von dem Boileau in seinem bekannten Epigramme sagt:

On dit que l'abbé Roquette
Prêche les sermons d'autrui,
Moi qui sais, qu'il les achette,
Je soutiens qu'ils sont à lui.

In diesen beiden letzten Scenen gewinnt das Stück immer mehr dramatische Schlagkraft. Die Niederlage des schon entlarvten Tartüff wird ihm Veranlassung zu einem neuen Siege, sein letzter Coup ist ein Beweis seiner Kühnheit und vollendeten Kunst, er dient zugleich dazu, die schon gelöste Intrigue von Neuem anzuknüpfen; es erfolgt das Gegentheil von dem, was Damis und Elmire gehofft hatten, die Gefahr der Familie wird immer drohender durch Orgons sich steigernde Verblendung und Verbissenheit: „Und heute noch, um euch in Wuth zu bringen"; in der Aufforderung an Tartüff, den Leuten zum Trotz recht oft mit Elmiren allein zu sein, liegt zugleich der Faden, der in den folgenden noch bewegteren Akt hinüberleitet und die Katastrophe der Entlarvung vorbereitet.

24) Tartüff verzeiht dem Damis, sucht ihn aber doch zu verderben, die Doktrin der Kasuisten erlaubt, den Feind zu verfolgen, nicht aus Rachsucht, sondern zur Wiederherstellung der eignen Ehre; mit ähnlichen auf den Jesuitismus hinweisenden Beschönigungen vertheidigt er nachher die Annahme der Schenkung, um bei einem anderen einen sündhaften Gebrauch des Geldes zu verhindern. Es gehört das zu den directions de l'intention, zu den désirs permis et légitimes en eux mêmes in der doctrine des opinions probables.

25) Ein hübsches Motiv für den Schauspieler, der den Kampf zwischen Rührung und Eigensinn komisch zur Anschauung zu bringen hat. Orgon ist voll lustiger Widersprüche, früher sollte die Ehe lauter Wonne und Seligkeit für Mariane sein, und jetzt ist sie das beste Mittel zur Buße und Kasteiung. Wenn er im Raisonnement nicht weiter kann, schlägt er mit einem derben Trumpf dazwischen. Molière ist stets bedacht, den Charakter des Lustspiels inne zu halten.

26) Tartüff hat jetzt Alles errungen, der Widerstand des gesammten gegen ihn empörten Hauses hat nichts vermocht, er wird Orgons Erbe und Schwiegersohn; doch das genügt ihm nicht, er will auch die Frau besitzen; auch hierin lächelt ihm der Erfolg entgegen, aber er unterliegt mitten im Siege, erhebt sich jedoch mit rasch zusammengeraffter Energie aus der ihm von anderen gelegten Falle, um zuletzt in die Grube zu stürzen, die er aus Rachsucht dem Orgon gegraben; die Vorsicht, Klugheit und Gewandtheit, die er im Verlauf der beiden letzten Akte zu zeigen, die Rednergabe, die er zu entfalten, die jähen Erschütterungen, die er durchzumachen hat, machen diese Rolle zu einer eben so bedeutenden, als belohnenden Aufgabe; die Häßlichkeit des Charakters wird durch bedeutende Geistesgaben wieder ästhetisch möglich, und eine gewisse Schönheit der äußern Erscheinung, etwas Fascinirendes darf bei der fortwährend durchblinzenden Verruchtheit nicht fehlen, sonst ist die Rolle nicht erträglich, und das Stück nicht möglich. —

27) Elmirens Worte dienen geschickt zum Retardiren der Spannung und sind als Vorbereitung auf die folgende bedenkliche Scene unerläßlich, man wird durch sie im Voraus beruhigt.

28) Wie man in dieser delikaten Situation trotz aller gewinnenden Freundlichkeit und reizenden Hingebung den Tartüff bethören und das Publikum zugleich in den Kampf eines empörten Gemüthes, das nur mit Widerstreben sich zu einem solchen Spiel entschließt, blicken lassen kann, hat Mademoiselle Mars gezeigt. Die Situation, eine gesteigerte Wiederholung der früheren, verlangt einen noch höheren Grad von Feinheit und Delikatesse; leider habe ich das on, das Elmire verhüllend statt je gebraucht, der Verständlichkeit wegen durch i ch übersetzen müssen. Ein komisches und zugleich beruhigendes Moment bekommt die Situation durch des unter den Tisch versteckten Orgons Nähe unmittelbar an der Seite seiner Frau, der freilich die Aufmerksamkeit der Zuschauer spalten, aber nicht durch Faxen absorbiren darf.

29) Hier tritt Tartüff ganz in die von Pascal persiflirte jesuitische Moral und Kasuistik ein und stützt sich auf die Autorität der Väter-

Pascal läßt einen derselben im siebenten Briefe über die manière de diriger l'intention sagen:

Quand nous ne pouvons pas empêcher l'action, nous purifions au moins l'intention, et ainsi nous corrigeons le vice du moyen par la pureté de la fin, man sehe auch das Ende des fünften Briefes; Regnier hatte schon in seiner dreizehnten Satire gesagt:

Le péché que l'on cache est demi pardonné,
La faute seulement ne git en la défense,
Le scandale, l'opprobre est cause de l'offense.

30) Der Zweck Elmirens war Orgons Ueberführung, nicht Tartüffs Verhöhnung gewesen, sie fühlt, ehe sie, ohne sich an seiner Verwirrung zu weiden, die Bühne verläßt, das Bedürfniß, dies noch einmal auszusprechen.

31) Hier eine Anspielung auf die bekannte restrictio mentalis. Sanchez, den Pascal in der neunten lettre provinciale citirt, sagt: On peut jurer qu'on n'a pas fait une chose quoiqu'on l'ait faite effectivement en entendant en soi-même qu'on ne l'a point faite un certain jour, ou avant qu'on fût né, ou en sousentendant quelque autre circonstance pareille, sans que les paroles dont on se sert aient aucun sens qui le puisse faire connoitre. Diese häufigen Hindeutungen auf die Lehren der damals in hohem Ansehen stehenden Gesellschaft Jesu sind allein schon genügend, zu erklären, warum der kühne Dichter für die Aufführung seines Stückes so lange zu kämpfen hatte.

32) Diese Scene, in der der kurirte Orgon an der eigensinnigen Pernelle, die, echt weiblich, stets spricht, um nur nicht zu hören, denselben Widerstand findet, den er den Versicherungen der anderen entgegengesetzt hatte, und wo zugleich die kecke Dorine ihre gewohnten Glossen macht, bildet bei dem Ernst der Dinge eine heitere Diversion, die in passender Weise die Katastrophe retardirt.

33) Les envieux mourront, mais non jamais l'envie. Ein von Molière in Vers gebrachtes und durch ihn verewigtes Sprichwort.

34) Der Eintritt Loyals ist eine zweite komische Ressource, so kurz die Rolle ist, so viel kann der einsichtsvolle Schauspieler daraus machen, wenn er sich vor der, auch auf der französischen Bühne beliebten Karrikatur hütet. Molière, das geht aus des Pedellen ganzer Rede- und Verfahrungsweise hervor, wollte darin ein kleines Pendant zu seinem Helden, er wollte einen juristischen Tartüff geben, der dem religiösen als Handlanger dient.

www.ingramcontent.com/pod-product-compliance
Lightning Source LLC
Chambersburg PA
CBHW020407030726
47496CB00007B/2347